Papakatsu JK no yowami wo nigitta node inu no sanpo wo onegai shite mita.
パパ活JKの弱みを握ったので、犬の散歩をお願いしてみた。
持崎湯葉
イラスト：れい亜
Mochizaki Yuba
Reia
JN250097

「タクトはカジさんに拾われて、
ほんとに幸せ者だね」
「……まぁ、そうだといいけどね」
「そうっすよ。アタシも
カジさんに拾われて良かったー」
「いや拾ってないから。
人聞きの悪いこと言わないでよ」
梶野 了
(かじの・りょう)
タクト

「アタシとタクトはチーム拾われっす！」
香月乃亜
（こうづき・のあ）

「よろしくね、乃亜ちゃん」
花野日菜子
(はなの・ひなこ)

「よろしくお願いしますね、花野さん」

「ねえ、カジさん」

contents

Papakatsu JK no
yowami wo
nigitta node inu no
sanpo wo
onegai
shite mita.

目次

持崎湯葉
イラスト：れい亜

Mochizaki Yuba
Reia

パパ活JKの弱みを握ったので、犬の散歩をお願いしてみた。

Papakatsu JK no yowami wo nigitta node inu no sanpo wo onegai shite mita.

梶野 了（かじの・りょう）

アラサーの会社員。
常にオーバーワーク気味。

香月乃亜（こうづき・のあ）

パパ活をしているギャル JK。
犬の散歩をするため、
梶野家に出入りしている。

神楽坂南（かぐらざか・みなみ）

乃亜の同級生。
無口で王子様風の JK。

梶野えみり（かじの・えみり）

梶野の姪っ子。
要領の良い、頼れる JS。

花野日菜子（はなの・ひなこ）

梶野の職場の後輩。
明るく人懐っこい性格。

京田エマ（きょうだ・えま）

梶野の職場の同僚。
イングランド人とのハーフ。

第一章 乃亜の幸せ

第一話 世界一ささやかな脅迫

夜の気配が漂い、静かに明かりが灯《とも》り始める街。沈みかけの夕日に照らされたコンビニの店内、そこにいる人は客も店員もみな疲れた顔をしている。

とある地味で冴《さ》えないアラサー男は、温められた弁当を受け取り、店を後にした。

「はぁ……」

目尻のシワに青クマ、ため息が漏《も》れる口。顔のあちこちに、日々の苦労が表われている。

道すがら、路肩に停車している一台の車が目に留まった。真っ赤な輸入セダンだ。

派手だなぁ。

そう思っていた矢先、助手席の扉が開いた。

「……ん？」

金色に輝く髪、幼くも整った横顔、カーディガンを腰に巻いた制服姿。

その少女には見覚えがあった。

男のお隣さんである香月《こうづき》家の一人娘。名前は、乃亜《のあ》。

運転席にいるのは四十代後半と思《おぼ》しき背広の男性。乃亜はキャハハと笑いながら、何十歳も年上の男性と仲睦《なかむつ》まじげに話している。

乃亜は別れ際にその男性から何かを受け取ると、ニッコリ微笑《ほほえ》む。彼女が「ばいばい」と告げると、セダンは走り去っていった。

直後、目が合った。

すると、乃亜はみるみるうちに青ざめていく。彼女は隠すように、その手を後ろに回した。だが男にはハッキリと見えてしまった。

乃亜が受け取っていたのは、万札だ。

「………………」

「えっ……」

期せずしてすべてを目撃した。にもかかわらず男は、そのまま何事もなかったかのように歩を進めていった。それには乃亜も困惑する。

大通りから一本入った住宅街。

マンションのエントランスにさしかかったところで、呼び止められた。

「あの、おじさん……何さんだっけ……お隣の」

「梶野《かじの》だよ」

梶野の正面に回り込んだ乃亜は潤《うる》んだ瞳で彼を見つめ、わざとらしく艶《なま》めかしい声で話す。

「梶野さん、あのさ……さっき見たこと、秘密にしてくれないかなー、なんて」

「さっき見たことって？」

「分かるっしょ、アタシとあの人がどんな関係か」

乃亜《のあ》は万札をひらひら掲げてみせ、「こういうこと」と呟《つぶや》く。

「……知られたくないんだ？　あの人とのことを、親とか学校には」

「そうそう！」

返事もせずに、梶野《かじの》は再び歩き出す。

その反応に乃亜は驚き、慌ててすがりついた。

「ちょっと、あの……っ！」

「………」

「ホントに、バレたらヤバいんですって！」

「………」

「お願いっ、何でもしますから！」

ピタッと、梶野の足が止まった。

「何でも？」

「は、はい」

見定めるように、じっと見つめる梶野。

乃亜はそこで初めて、不安を覚えた。彼が何を考えているか分からない。ただ、自分に対して好意的でないことは分かる。

「……じゃあとりあえず、ウチに来てもらおっか」

「え……」

マンションのエレベーターに乗り込んだ二人。

モーター音だけが響く二人きりの空間。乃亜《のあ》が、おずおずと尋ねた。

「あの、梶野《かじの》さんの家で何を……」

梶野は答えない。絶えず無表情だ。

自室のあるフロアに到着すると、梶野は冷たく告げる。

「乃亜ちゃん、だよね。覚えておきな」

「え?」

「大人っていうのは、怖いんだよ」

「………」

梶野の家の前まで来ると、乃亜は小刻みに体を震わせた。

その目はチラチラと、隣の自宅の扉を見る。

普段生活しているすぐ隣にさえ危険はある。乃亜は今それを、身をもって感じていた。

「さあ、入って」

扉を開く梶野。乃亜は、ついには目に涙を浮かべる。

そうして震える足で一歩、踏み込む——。

ワフッ、ワンワンッ！

「わっ！」

乃亜を出迎えたのは、茶色と白の小型犬だった。

ワンコは大興奮の様子で、乃亜と梶野の足元をぐるぐるサーキット状に回っている。

「はい、ただいまただいまー。乃亜ちゃん、ちょっとここで待ってて」

梶野は犬の頭をわしゃわしゃ撫《な》でながら部屋の奥へ向かう。

犬もまた、爪《つめ》でフローリングをチャッチャッと叩《たた》きながらついていく。ときどき振り返っては「だれ、あのヒトだれ？」といった目線を乃亜に送っていた。

戻ってきた梶野が、乃亜に手渡した物。

「……鍵？」

「うん、ウチのね。リードはここに入ってる。うんち袋と水入りペットボトルは、このバッグの中ね。あと一応オモチャも」

玄関脇の棚から次々と出てきたのは、犬の散歩の必需品だ。

ペプペプと鳴るボールを見せる梶野。犬はそのオモチャめがけ飛びかかっていた。

「週二、三回くらいでいいから。キッチンの物とかは、まぁ常識の範囲内で食べたり飲んだりしていいよ。あ、あとトイレは……」

「ちょ、ちょっと待って」

乃亜《のあ》は目を白黒させていた。

「ど、どういう……アタシは何を？」

「何でもするって、言ったよね」

「は、はい」

そこで梶野《かじの》が初めて、表情を変えた。

彼が見せたのは目尻のシワが際立つ、くしゃっとした微笑《ほほえ》みだった。

「犬の散歩、よろしく。タクトっていうんだ」

◇◆◇◆

約二十四時間前。

陽も落ちていないうちに会社を出た梶野。その隣を歩くのは後輩の花野日菜子《はなのひなこ》だ。

ニットにフレアスカートを合わせたオフィスカジュアル。髪は茶色のボブカット。

大人の雰囲気《ふんいき》を醸《かも》し出しているが、顔立ちは少し幼く大学生にも見える。それもそのはず、まだ新卒二年目である。

日菜子は退勤したばかりにもかかわらず、眉間《みけん》に深い皺《しわ》が寄っている。

「いくら帰る時間を早めても、残った仕事を家でやるんじゃ意味ないですよねぇ」

「まぁ、ねぇ」

「そもそも人的リソースが不足してるのに、私たちの作業効率のせいにして……」

「こらこら花野さん、会社の目の前でお上に嚙《か》み付くもんじゃないよ」

安穏《あんのん》となだめる梶野に、日菜子は不満げに頰《ほお》を膨《ふく》らませる。

「一番大変なのは梶野さんじゃないですか。店内広告のデザイン修正、五月いっぱいって向こうさんから急に言われたんですよね？」

「まぁ、うん」

「そもそもあの店、納期は無茶だし注文も抽象的だし……どうなんですっ？」

「まぁ、がんばるよ」

「……梶野さん、最近さらに痩《や》せてません？」

「……うん、三か月で三キロ減」

「梶野さーん……このままじゃ消えて無くなっちゃいますよー……」

日菜子は力なく首《こうべ》を垂れるのだった。


コンビニ袋を下げて家路につく梶野。自宅の扉を開いた瞬間、タクトはまるで待ち構えていたかのように飛びついた。

「あーあー元気だなーおまえは。ただいま」

タクトは尻尾《しっぽ》を振りながら「今日どうすか、散歩かましときますか?」といった瞳で梶野《かじの》を見つめる。

「ごめんなタクト、今日も散歩は行けないんだ。仕事がいっぱいで……」

梶野の足にしがみつきながら、閉まりかけの玄関に向かって吠《ほ》え続けるタクト。そんな彼の根気に負けた梶野は、ついにはリードを手に取った。

「あー分かった分かった。じゃあそこの公園までな」

再び外に出た、まさにその時。隣人の女子高生が自宅に入ろうとしていた。

「こんばんはー」

「あ、はい」

彼女は軽く会釈《えしゃく》して淡白に応えると、さっさと家の中へ消えていった。

派手な見た目とは裏腹の、無機質な表情。今時の子だなぁ、と梶野は嘆息する。

近いようで遠いお隣さん。

きっと彼女とは今後も、一切関わりを持つことはないのだろう。


そう思っていた、はずだった。

その乃亜《のあ》が今、梶野家のソファであぐらをかいているのだから、人生分からないものだ。

『犬の散歩、よろしく』

先ほど梶野が提示した脅し。その内容をより詳しく説明するため、梶野は乃亜を自宅のリビングへと案内していた。

乃亜はすり寄るタクトに少し戸惑いながら、ぎこちなくその頭を撫《な》でている。初対面でも無邪気に振る舞うタクトとは対照的に、乃亜の梶野を見る瞳にはまだ警戒心が映っていた。

そんな彼女を尻目に梶野は、ラグマットの敷かれた床に座り、コーヒーをすする。

カップを持つ手は、わずかに震えていた。

「（やってしまった……）」

梶野は今になって頭痛を覚え始めていた。

慣れ親しんだリビングに鎮座する特大の異物――女子高生。

「（完全にアウトな状況だ……改めて考えると、とんでもないことをしてしまった……）」

それは、ほんの小さな正義感だった。

つい十分ほど前のエントランスでの会話から、梶野は理解した。

『さっき見たこと、秘密にしてくれないかなー、なんて』

『分かるっしょ、アタシとあの人がどんな関係か』

『お願いっ、何でもしますから！』

この香月《こうづき》乃亜という少女は、あまりに世間知らずだ。

悪い大人の怖さを知らない。パパ活の実態はよく分からないが、高校生の少女が軽々しく手を出していいものではないはずだ。

　このままではこの子はさらに道を踏み外してしまう。そうなる前に導かなければ。たとえ他人でもあっても、それが大人の役割のはずだ。

　きっと今の子は口で言っても無意味だろう。なら、少し怖がらせる必要がある。

　と、そう考えた末の行動が、数十分前のささやかな脅《おど》しであった。

「(もっとうまいやり方があっただろうに……もし人に見られていたら……)」

「それで、アタシは何をすればいいんすか？」

　後悔が巡る脳内に、突然響く高い声。乃亜《のあ》が気だるそうな瞳で梶野《かじの》を見る。

「あぁ、タクトの散歩をよろしく。四、五回くらいでいいよ。そうしたら、今日見たことは誰にも言わないでいてあげる」

「はぁ、まぁいいっすけど。でもなんで犬の散歩なんすか？」

　乃亜への罰のつもりで課した犬の散歩だが、梶野にとっては好都合でもあった。

「仕事が大変でさ、最近散歩をしてやれなかったから困ってたんだ」

「でもまだ七時前っすよ。これくらいの時間に散歩してる人もいるじゃないすか」

「仕事が残ってるから、家でもやらなきゃいけないんだ」

　乃亜は目を見開き、何故《なぜ》か両手をあげる。全身で感情を表現するタイプらしい。

「家でも仕事っ？　社畜ってヤツ？」

「前まではこんなに忙しくなかったんだけど、上司が一人辞めちゃってね。僕がその穴を埋めるようになってから、仕事量も増えちゃって」

「え、出世したってこと？」

「まぁ、繰り上げでだけど」

「じゃあ部下に仕事を押し付ければいいじゃん。偉いんでしょ？」

「……うーん」

眩《まぶ》しすぎる純粋さ。梶野は焼けそうになる目を両手で覆い隠した。

「でもだいたい分かったっす。梶野さんはパパ活を告げ口しない、代わりにアタシはリアルに犬の散歩すればいいだけでしょ」

「そういうことだけど……リアルって何？」

「いやー犬の散歩って何かの淫語《いんご》かと思って、鬼くそビビっちゃった」

「何を言っているんだ君は」

「てっきりアタシが犬になるのかと」

「なにその発想力、怖っ……」

とにもかくにも脅迫の皮をかぶった契約は成立した。

「（ま、パパ活をするよりは健全だろう。十分怖い思いもしただろうし……。何回か散歩してもらったら解放して、それでもまだパパ活するようなら、もう知らん）」

梶野《かじの》の小さなお節介から始まった、乃亜《のあ》との関係。

その時、近いようで遠いお隣さんとの距離は、わずかに縮まった。

「ところで、犬の散歩って何すればいいの？」

「えっ……」


梶野がタクトと共にやってきたのは、オレンジ色のライトがぼんやり灯《とも》される夜の公園。辺りを見回すと、その少女はすぐに見つかった。

乃亜はブランコに腰かけ、スマホをいじっている。画面の明かりで照らされたその顔は、メイクが施《ほどこ》されていながらも隠せない幼さがにじんでいる。

「あ、どーもどーも。すみませんねぇなんか」

「いや良いよ。やったことないなら、そりゃ何も分からないだろうし」

「でもウケますね。仕事するために散歩を任せたつもりが、散歩の仕方を教えるのに時間を取られるなんて」

「君が言うか……今日だけだからね」

犬の散歩未経験の乃亜のため、契約が結ばれたその日から早速の研修である。

乃亜を一人で先に行かせ、近くの公園で待ち合わせしなおした理由はもちろん、連れ立ってマンションから出てくる場面を近隣住民に目撃されないようにするため。この契約自体が自身にとってどれだけ危ういことか、梶野は今ごろ理解したわけだが、言ってしまった手前もう後には引けなくなっていた。

「時間も遅いし、やっぱ親御さんにも言った方が良かったんじゃ……」

「いや、母親に告げ口しないための散歩っすよね。本末転倒じゃね」

「確かに……でも別に今日じゃなくても良かったんだよ？」

「いや、とっとと解放されたいんで。四、五回やればいいんすよね。あ、明日は予定あるんでパスするかもですけど」

「……うん、いいよいつでも。ちゃんとやってくれれば」

「ういーっす」

やはりというべきか、乃亜の意識はこんなものだ。

パパ活をやめさせるため少し怖がらせてみたものの、まったく悪びれていない態度を見るに、また性懲りもなく再開しそうな雰囲気《ふんいき》がある。

「（不毛なこと、してるのかなぁ……）」

梶野はつい嘆息してしまう。

タクトと繫《つな》がったリードを手渡すと、乃亜は「うわっ」と声を上げた。

「けっこう力強い……」

「早く散歩に行きたくて仕方ないんだよ。リードだけは絶対離さないようにね」

そうして二人は連れ立って公園を出た。

広くない通りではあるが、ちょうど帰宅する時間とあって人通りはそれなりにある。

制服姿の女子高生と共に歩くアラサー男。梶野《かじの》はいやでも周囲の目を気にしてしまう。乃亜《のあ》は慣れているのか、ケロッとしていた。

「(タクトといるのが唯一の救いか……)」

犬の散歩中という構図により、多少ほんわかした光景にはなっていた。

研修とはいっても犬の散歩にそれほど多くの約束事は無い。

おしっこをすれば水をかける、他人や自動車などと接触しないよう気をつける、他の散歩中の犬とバトルを始めたら制止しつつ飼い主同士で愛想笑《あいそわら》い、など。

「うんちしたらこの袋に入れてね」

「……手づかみ、するしかないんですか?」

「……まぁ手袋すれば、そんな気にならないよ。妙に温かいだけで」

「妙に……」

梶野が先導して進んでいくと、土手に突き当たった。

「ここを下って河川敷をちょっと歩いて、またこの道に戻るのが普段のルートね。それじゃ、今日はもう引き返そうか」

踵《きびす》を返そうとしたところ、乃亜が「んおっ」と声を漏《も》らす。

見れば、リードがピンと突っ張っていた。

「ワンちゃんが、すごい力で……」

「あぁ、いつもならまだこの先に行くから……ほらタクト、行くよ」

梶野も協力したところでタクトは観念する。どこか寂しそうな顔で従っていた。

その様子を見て、乃亜は何やら複雑な顔をする。

「……梶野さんって、なんでこの子飼ってるんですか？」

乃亜は心に浮かんだ質問を、一切の配慮や躊躇《ちゅうちょ》もなく尋ねた。

「え、なんでって……」

「だって仕事が忙しくて世話ができないなら、飼わなきゃいいじゃないですか」

不躾《ぶしつけ》とも取れるド直球の質問に、梶野は気圧《けお》される。実際そこには乃亜による、当てつけめいた感情も含まれていた。

梶野は少し考えたのち、落ち着いたトーンで答える。

「タクト、捨てられてたんだ」

「え……」

乃亜は意外という顔つきで、梶野をじっと見つめる。

「ちょうど去年くらいにね、さっき待ち合わせした公園で、遊具にリードがくくりつけられた状態で何時間も放置されてたんだ」

「……最低っすね」

乃亜《のあ》は眉をひそめる。

その日、梶野《かじの》がタクトを発見したのは、図書館に行く途中のことだった。きっと飼い主がどこかにいるのだろう、と初めは予想していた。

しかし数時間が経《た》ち、梶野が戻ってきた時もタクトはまだそこにいた。

「最初は警察に任せようかとも思ったんだけど、そういう犬の処遇って大抵悲しいものになるでしょ。こいつのキレイな瞳とか人懐《ひとなつ》っこい態度を見ていたら、かわいそうに思えてきて……連れて帰ってきちゃった。その時は仕事もまだ余裕があったから」

梶野は情けなさそうに苦笑する。

「でもまぁ……まさにいま散歩を他人に任せようとしてるんだから、僕も良い飼い主とは言えないんだけどね」

「……いや、そんなことないっす」

乃亜は、決まり悪そうに告げる。

「すみません、さっきのアタシ、ちょっとイジワル入ってました」

「良いよ。実際痛いところ突かれたし」

「梶野さんって、思ったより良い人かもですね」

「今のエピソードだけでその判断をするのは、まだちょっと早いよ」

「じゃあ悪い人なんすか?」

「そうじゃないけどさ」

「ははっ」と、乃亜はそこで初めて笑顔を見せた。

再び先ほどの公園に戻ると、梶野は乃亜からリードを受け取る。

「それじゃ、僕らはもう少し経ったら帰るから。改めて散歩、よろしくお願いします」

「ういっす。まぁ五、六回やったらどうせ飽きるんで、あんまり期待しないでください」

「はは、了解」

そうして乃亜はひとり、マンションへ帰っていった。

梶野は公園のベンチに腰をかけ、ふぅと一息。じゃれついてくるタクトを撫《な》でながら、高まった緊張感を夜風で冷ます。

そこでふと、どうでもいいことに気づいた。

タクトの散歩に関して梶野は「四、五回やってくれれば」と言った。

対して先ほど乃亜は「まぁ五、六回やったらどうせ飽きるんで」と告げた。

ちょっと、増えている。

「まぁ、テキトーに言っただけだよな」

飼い主の独り言に、タクトは「え、僕に言いました?」といった顔で振り向いた。

第二話　青田買い

男は三十歳から。

これが、乃亜《のあ》の座右の銘だ。

座右の銘とは何なのか、正直よく分かっていないが、とにかくそうなのだ。

特に好みなのは、ひたすら優しくて、何なら弱々しいけど、絶対に曲げない信念みたいなものがあるおじさん。でもそれでいて、女の子に迫られるとアワアワしちゃうおじさん。

三十歳未満には興味ないが、三十歳以上だからといって誰でも良いわけではない。

乃亜のストライクゾーンは狭く、深いのである。

「なあ香月《こうづき》」

放課後、乃亜が帰り支度《じたく》をしていると、チャラついた男子三人が声をかけてきた。

「この後、俺らと遊びに行かね?」

「渋谷《しぶや》とかさ。一緒に行こ、な?」

だらしないネクタイ、ダサいロールアップ、命かけて作ってそうな前髪。

それらすべて、乃亜の心を動かさない。

「(加齢臭を匂《にお》わせてから来いや)」

男子の一人が得意げな顔で、さらに乃亜へ迫る。

「香月ってまだ友達いないっしょ。なら俺らがなってやっても……」

「あーすみません、用事あるんで」

彼らに目をくれることもなく、乃亜は教室から去ろうとする。

すると今度はそれを遠巻きに見ていた女子たちから、気持ちの良くない感想が聞こえた。

「香月って調子乗ってるよね」

「大して可愛《かわい》くないくせに」

「マジ何様?」

男子をテキトーにあしらえば、女子がカンシャクを起こす。ほんとに乳臭い場所。

女子グループとすれ違う瞬間、乃亜は囁《ささや》く。

「クソガキマインド、お疲れっす」

キャンキャンと反発する彼女らなど意にも介さず、乃亜は颯爽《さっそう》と立ち去った。

表参道《おもてさんどう》のカフェ、窓際で乃亜がスマホを凝視《ぎょうし》しながら行っているのは、パパ活の相手探し。

本当なら渋谷で新作映画を観た後、買い物をする予定だった。しかしクラスの男子らと遭遇しそうなので控えたのだ。よって、ご機嫌ナナメである。

乃亜のパパ活歴は一か月半ほど。高校生になった四月から始め、延べ八回。

乃亜《のあ》にとってパパ活は、極上の暇潰《ひまつぶ》しだ。大人の男性とお話しし、ごはんを一緒に食べるだけ。それ以上は一応、まだ踏み込まないようにしている。

パパ活をしている時の自分は、最も自分らしくいられる気がしていた。

何故《なぜ》なら、求められているから。

「さーて、今週のおじさんは？」

乃亜の唯一のお得意様は、家庭に仕事に忙しいらしく基本は連絡待ちだ。

となると一度会ったことのある人が無難だが、だいたいは休日オンリーとの約束。

一人だけ例外はいるが、彼には懸念《けねん》がひとつ。

「(先週会ったばかりなんだよなぁ。目線がやけにエロかったおじさん。あまり頻繁《ひんぱん》に会って勘違いさせたくないんだけど……)」

そうはいってもヒマはヒマ。

悩んだ末に乃亜は、心の中で高らかに宣言する。

「(エロおじさん、君に決めたっ)」

メッセージを送ろうとした、その刹那《せつな》。

『大人っていうのは、怖いんだよ』

昨日の恐怖が乃亜の頭に蘇《よみがえ》り、ブルッと背中に怖気《おぞけ》が走る。

結局はささやかな脅《おど》しでしかなかったが、あの瞬間の怖さは忘れられない。

もしも梶野《かじの》が危ない人だったら、今ごろ……。

「(……エロおじさんと会うのは、もうやめようかな)」

乃亜はチャットアプリをそっと閉じた。

そうしてまた戻る、灰色の世界。

映画を観てる時、買い物してる時、パパ活してる時。乃亜は世界の薄暗さを忘れられる。

それ以外のすべて、学校でも、家でさえ、目に映る景色はくすんで見える。

孤独が、少女の世界を灰色に蝕《むしば》んでいく。

「……犬活すっか」

ふと頭に浮かんだのは、昨日出会ったあの犬の、能天気な顔だった。


「えっと、どこ行けばいいんだっけ」

「オシッコはこの水をかけるんだよね?」

「ぎょわっ、ウンチあったけぇ……」

乃亜、独立。人生初の単独の犬の散歩である。

昨晩研修したとはいえ、乃亜にとっては初体験なことばかりで、大いにうろたえていた。

そんな彼女をリードするように、タクトは「こっちですよ昨日のお姉さん!」といった嬉しそうな顔で散歩コースをグイグイと先導する。

やってきたのは河川敷だ。

派手なギャルJKが犬を連れて歩く姿は、河川敷には似合わないらしい。行き交う人々は、自然と乃亜《のあ》に目を向けてしまう。

そんな視線を感じた乃亜は、なんか間違ってるのかな……と不安になっていた。

「可愛《かわい》いわね、キャバリア?」

突如《とつじょ》、話しかけてきたのはチワワを連れたおばあさんだ。

「(え、なに、キャバ……なんて?)」

「キャバリアでしょ、この子」

何だかよく分からないが、たぶん犬種のことだろう。乃亜は狼狽《ろうばい》しながらも肯定する。

「偉いわね、学校終わった後に散歩なんて」

「え、いや……」

「はい、あげる」とおばあさんはアメを手渡し、散歩に戻っていく。

「あ、ありがとうございます!」

乃亜は自分でも驚くほど自然と、感謝を口にしていた。

口の中でアメを転がす乃亜。斜陽が反射して輝く河川を見つめながら、タクトに引っ張られて歩く。脳内では先ほどのおばあさんとのやり取りが反芻《はんすう》されていた。

それほど印象的な会話ではない。なのに不思議と頭から離れない。

パパ活をすれば、万札がもらえる。

犬活をすれば、アメちゃんがもらえる。

「（いやまぁ、比べるようなもんでもないけどさ）」

乃亜は自身の単純な思考回路に、つい苦笑してしまった。

梶野《かじの》家に戻ると、先ほどは無かった男物の靴が玄関に置かれている。

「お邪魔《じゃま》しまーす」

乃亜はリビングを覗《のぞ》くも、誰もいない。間取りは自宅と同じ。となれば残るはあと一部屋。

その部屋の扉を開くと、見つけた。

梶野はデスクにつき、鬼気迫る表情でディスプレイを見つめている。

「梶野さーん、おつかれっす」

その声に、ワンテンポ遅れて反応した梶野。集中していたせいかその瞳はやけに鋭く、乃亜は思わずドキリとする。

「ああ、おかえり」

だが、すぐにいつもの穏やかな表情に戻った。イヤホンを外し、ふわりと微笑《ほほえ》む。

「昨日の今日でもう行ってくれたんだ。ありがとうね」

「まあ、急にヒマになったんで」

自然と寄せられた感謝に、違和感。

この人、自分が脅迫してること忘れてるんじゃね？

「仕事って何やってんすか？」

「グラフィックデザイナーだよ。広告とか作ってるんだ」

「ああ、広告代理店ってヤツだ。知ってますよ、○○とか○○○ですよね」

「……ウン、ソウダネ」

口に出すのもはばかられる超大手企業を引き合いに出されて、鼻血が出そうになった梶野《かじの》である。

「忙しいらしいっすね、広告代理店って。犬の散歩もできないくらいですもんね」

「……うん、タクトには申し訳ないよ」

何やら梶野は唐突に、シュンとする。

「三月までは姪《めい》がたまに来てくれてたんだけど、その子も今年受験だから気が引けてね」

それでもきっとタクトのために、無理やり時間を作って散歩していたのだろう。

梶野の目の下のクマを見つめ、乃亜《のあ》は呆《あき》れるように笑う。

「（この人はたぶん、ほんとに優しい人なんだろうなぁ）」

そもそもパパ活を目撃して優位な立場なのに、変にマウントを取らずにいるのだから当然といえば当然か。この脅しもいわば、パパ活に対する注意喚起なのだとすぐに分かった。

「(まぁだからって、惚《ほ》れることはないけどね)」

乃亜は冷静に分析する。

「(お隣さんとそういう関係って、ベタすぎじゃね。そもそもまだちょっと若いし)」

この部屋は寝室も兼ねているようで、ベッドにはジャケットが無造作に放られていた。

乃亜はベッドに腰かけると、ジャケットを手に取り、流れるように鼻へ近づけた。

「でもタクト良い子っすよ。全然吠《ほ》えないし、大人しく留守番してるし」

「まぁしつけも頑張ったからね……って、ええっ⁉」

ジャケットを嗅《か》ぐ乃亜を見て、梶野は仰天《ぎょうてん》する。

「えっ、あ、すみません。つい手グセで」

「どんな手グセっ？　いやソレ、さっきまで着てたヤツだから……」

「でしょうね。かすかに香水と汗の匂《にお》いが……」

「か、返しなさい！」

梶野は真っ赤に顔を染め、ジャケットに手を伸ばす。

なんだその可愛《かわい》い反応は。

イジワルな乃亜は梶野の手をさらりと避け、「んふふー」と笑いながら逃げ回る。

期せずしてダンスタイム。

ジャケットをめぐり繰り広げられる二人の攻防。その楽しそうな状況を、彼が黙って見てい

るわけがない。「交ぜて交ぜてーっ！」とばかりにタクトが参戦してきた。

予想外の事態に乃亜《のあ》も「うわわっ」と焦った、その時だ。

「（やば、タクトのしっぽ踏んじゃう……！）」

乃亜はとっさにタクトをよけたせいで、バランスを崩して転びかける。反転していく世界を前に、まぁ自業自得だねと乃亜は諦観《ていかん》していた。転んでもアザができるくらいだろう。

しかし──彼女は突如《とつじょ》として、大きくて温かい何かに包まれる。

「……っ！」

乃亜は梶野《かじの》に、抱きとめられていたのだ。

至近距離にある、梶野の顔。先ほどまでの柔らかな表情とは違う、真摯《しんし》で、たくましくて、ちょっとだけ怖い。

精悍《せいかん》な、オスの顔。

「うわっ、ごめん……っ！」

「……いえ、アタシもチョーシ乗りすぎました。すみません」

慌てて離れると、途端に沈黙が二人を包む。

居心地悪い空気の中、乃亜が告げた。

「アタシ、そろそろ帰りますね」

「あ、うん。散歩ありがとうね」

乃亜《のあ》は早足で玄関へ向かっていく。だが不意に、足を止めた。

「あの、梶野《かじの》さんって何歳ですか？」

「え、二十九歳だけど。今年で三十歳になる」

「……そうですか。それじゃ」

顔も向けずそっけなく答えると、乃亜は隣の家へと帰っていった。


薄暗い、ひと気のない自宅。乃亜は自分の部屋に直行し、鏡台の前に座る。

「いや、赤っ……」

情けなく頰《ほお》を染める鏡の中の自分に、思わずツッコミを入れてしまった。

ふわふわとする頭の中で、繰り広げられる自問自答。

「（二十九歳。今年で三十歳。まぁでも……いやむしろ逆に……）」

長い長い脳内会議を終え、思考はまとまった。

こういうの、何て言うんだっけ。

「あ、そうだ。『青田買い』だ」

◇◆◇◆

「おかえんなさーい♪」

帰宅した梶野を、乃亜が満面の笑みで出迎えた。

乃亜はカバンを受け取ると、人懐《ひとなつ》っこい口調で話しかける。

「カジさん、今日はちょっと遅かったっすね。デザインコンペはどうでした？」

「うん、反応は上々だったよ」

「やったぁ、じゃあお祝いごはんしよ。アタシもうお腹ペッコスでヤバみっすー」

二人でリビングのテーブルにつき、おのおのコンビニ弁当を広げる。タクトもまた、二人のそばでドッグフードを前にする。

「それじゃ、いだだきまーす！」

「うん、いただきます」

食卓に華を添えるのは、ありとあらゆる話題。梶野の仕事内容や乃亜とタクトの本日の散歩についてなど。乃亜がうまくトークを回していた。

そんな二人を見てタクトは嬉しそうに、またどこか交ざりたそうに尻尾《しっぽ》を振っている。

「ごちそうさまでした！」

「うん、ごちそうさま」

梶野と乃亜とタクトはそろってソファにもたれかかり、食休み。梶野家のリビングにまったりとした空気が流れる。

「あのさ、乃亜《のあ》ちゃん。ひとつ聞いてもいい？」

「なんすかー、カジさん」

梶野《かじの》は満を持して、尋ねた。

「めっっっちゃウチ来てない？」

脅迫関係が成立して十日ほど。

乃亜はほぼ毎日梶野家に来ていた。梶野としては四、五回タクトの散歩をしてくれればいいという約束だったにもかかわらずだ。

それも決まって梶野が帰宅する時間には散歩を終え、梶野家にて帰りを待っている。買ってきたコンビニ弁当を一緒に食べるのも、もはや日課となっていた。

乃亜が何を考えているのか、謎すぎて今の今まで梶野も突っ込めないでいたのだ。

そうしてやっと指摘したところで、梶野を待っていたのは、乃亜のシュンとした表情だ。

「いっぱい来たら、やっぱり迷惑ですか……？」

「い、いや迷惑とかじゃないけど……」

「カジさんがアタシのこと邪魔《じゃま》だって思うなら、もう……」

「いや大丈夫っす！　全然邪魔じゃないっす！」

そもそも梶野の中では、この関係は一週間余りで解消する予定だった。パパ活に対するほんのささやかな罰のつもりでいたのだ。

それが乃亜は、今後も延々通い続けようとする勢いである。

正直、梶野にとって乃亜との時間は、決してイヤなものではない。

人と話しながら食べるごはんは、やはり美味《おい》しい。乃亜は聞き上手で会話も楽しく、その時間は良質な息抜きになっているため、その後の仕事も捗《はかど》っている。

ごはんの後はすぐに帰るため、仕事の邪魔にもなっていない。

一度「ホラー映画を一人で観るの怖いから、ここでタクトと一緒に観ていい？」と可愛《かわい》らしいお願いをしてきた程度だ。

一見、悪くないように思えるこの状況。

だがそこには、とてつもなく巨大なリスクが存在することを、梶野は忘れていない。

女子高生が二十九歳の男の家に入り浸っている、という状況の社会的な危険性だ。この文章ひとつにさえ犯罪臭がムンムンに漂っている。

もしも世界が優しくない方向へ転がってしまえば――。

『高校一年生の女子を脅迫し自宅に連れ込んだとして、隣人の二十九歳会社員を逮捕。男は「犬の散歩をお願いしただけ」と容疑を否認している。ネットでは男に対し「これは極刑」「犬を盾にするなんて最低」「変態はいつもすぐそばに」などの声が挙がっている』

一瞬にしてここまで想像した梶野。身体の芯から震え上がった。

「なんというか……毎日来なくても、パパ活のことは誰にも言わないよ？」

「いやいや、それは関係ないっすよ。アタシのマインドがここに来たがってるだけだから」

「でもほら、毎日のように夕飯を食べに来ていたら、親御さんも心配するでしょ。せめて僕から言っておこうか。パパ活のことはうまく隠して……」

「心配なんてしないよ、あの人は」

乃亜《のあ》は冷たく吐き捨てる。

「ウチは母親だけだし。あの人、仕事で帰ってくるの遅いから」

「……」

「でもカジさんのこと言ったら、絶対にもう行くなって言われる。だから、言わないで」

あの人。

この単語ひとつで、乃亜と母親との距離感が把握《はあく》できる。梶野《かじの》も薄々勘づいていたことだ。

乃亜の言動からは、それはもう異常なまでに、家庭の匂《にお》いがしない。

そしてどうやら学校も嫌っているようだ。

つまり乃亜は孤独なのだ。そこまで分かれば、パパ活に手を出していた理由もぼんやり理解できてしまう。

「せめて一日の最後のごはんくらい、誰かと食べたくて……」

乃亜は長いまつ毛の影を頬《ほお》に落とす。

人の感情に敏感らしく、タクトはそんな彼女に頬ずりをして慰《なぐさ》める。

「だからカジさん、せめてこの時間だけ、アタシと一緒にいてくれませんか……？」

「……分かった、けど……」

「もし拒否するなら……家へ来いって脅迫したこと、言いふらしますから」

「……ん？」

乃亜はスッと立ち上がる。

「なーんて冗談だよー。あ、お弁当のゴミ、一緒に片付けちゃうねー」

「あ、うん。ありがとう」

乃亜はスキップするような足取りで、弁当の空箱を手にキッチンへ消えていく。おこぼれに与《あずか》れると期待してか、タクトもテコテコついていく。

「……ん？」

残された梶野は、ひとり首をかしげるのだった。

「（あれ、おじさん今一瞬、マウント取られませんでした？）」

果たして、脅迫しているのは、どちらか。

◇◆◇◆

アラームでなく、タクトの前足てしてし攻撃で目を覚ます土曜日。

「ん、ちょっと寝すぎたか……」

タクトは「何が言いたいか分かりますよね？」といった顔で梶野《かじの》の顔を見下ろしている。仰《あお》せのままに梶野は寝床を出て、餌入《えさい》れへドッグフードを補充した。

「（今日は丸一日フリー。幸せだ）」

それを幸せと呼んでしまうアラサーとは、いかがなものか。

溜《た》まった洗濯物を片付け、家中に散らばるタクトの毛を掃除機で吸い取る。ひとり暮らしも十一年目。慣れたものだ。

さて次は買い物。と、そんな心を読んだか、タクトが猛烈にまとわりついてきた。

「最近はＪＫに任せきりですね。いいんですかそれで。僕の飼い主は誰ですか？」といった情念が、つぶらな瞳から送られる。

「分かった分かった、散歩な。買い物のついでに行きますよ」

リードをつけ、お散歩セットを持ち、いざ……とその前に。

「（乃亜《のあ》ちゃんがウチに来ちゃうかもしれない。一応、一報入れておこう）」

乃亜へメッセージも送ったところで、改めて梶野とタクトは玄関を出た。すると——。

「わー待って待って！」

お隣さんちの扉、その数センチ開いた隙間《すきま》から、こんな声が響いた。

「乃亜ちゃん、どうしたの？」

その顔を確認しようとすると「わーやめて見ないで、寝起きなんじゃースッピンなんじゃーっ！」と悲鳴を上げていた。

「アタシも行きたい！　顔作ってくるんで、公園でちょい待っててください！」

どうやら数秒前に送ったメッセージを見て、飛び起きたらしい。

そんなこんなで本日は、二人と一匹での散歩となった。


いつもの散歩ルート、河川敷には初夏の川風が吹いている。

「いやーカジさんがいると変な感じだなぁ」

「そう？　一緒に散歩するの二回目だよ」

「それでも変なのは変なのー」

研修以来の、二人での散歩。あの時よりも乃亜はずっと愉快そうだ。

休日なので乃亜は珍しい私服姿。本日の散歩コーデは黒のワイドパンツに白のTシャツと、寝起きなだけにシンプルだ。ただしタックインすることで足の長さが強調されており、制服姿と比べていつも以上にスタイルの良さが際立っていた。

「あら乃亜ちゃん、おはよう」

不意に、チワワを連れたおばあさんが声をかけてきた。

「あ、かわもっさん。おはようです」

「この前教えた唐揚げのレシピ、試してみた？」

「いやまだっす。でもしっかり頭に入ってるんで近々作る予定っすよ！」

二人は顔見知りらしく、梶野《かじの》をよそに談笑している。

「（乃亜《のあ》ちゃん、顔広いなぁ）」

仲睦《なかむつ》まじげな様子の女子高生と老婦人。

なかなかにエモい光景だと、梶野は感心する。

「それで、あなたがタクトくんの飼い主で、乃亜ちゃんの親戚の人？」

首をかしげる梶野に、乃亜がこっそり耳打ちする。

「そういうことにしといたっす。隣人だとアレでしょ？」

「ああ、なるほど」

意外にも乃亜は気を回していたらしい。

「タクトくん可愛《かわい》いわね。キャバリアでしょう？」

「はい、たぶん」

「たぶん？」

「えっと、実は拾った子なので、正確なことは分からないんですよ」

「あらそうなの……良い人に拾ってもらえてよかったわねぇ」

撫《な》でられると、タクトは気持ち良さそうに目を細めた。

おばあさんが去っていくと、乃亜は何故《なぜ》かニヤニヤとしながら梶野を見つめる。

「良い人に拾ってもらえてよかったわねぇ、だって」

「繰り返さなくていいよ……社交辞令みたいなもんでしょ」

「いんやそんなことないよ。タクトはカジさんに拾われて、ほんとに幸せ者だね」

そう言いながら乃亜はタクトをわしゃわしゃと撫でる。

少し派手めなメイクの彼女だが、そこにあったのは素朴で無邪気な笑顔だ。

「……まぁ、そうだといいけどね」

「そうっすよ。アタシもカジさんに拾われて良かったー」

「いや拾ってないから。人聞きの悪いこと言わないでよ」

「えー似たようなもんでしょ。アタシとタクトはチーム拾われっす！」

「なんだそれ」

笑い合う梶野と乃亜。タクトは楽しそうな二人を何度も振り返りながら、尻尾《しっぽ》をフリフリと揺らして歩く。二人に呼応してか、歩調はいつもよりも小気味よい。

そんな中、乃亜の瞳が怪しく光る。

「とか言って、本当は嬉しいんでしょー、チーム顧問のカジさんっ！」

そう言って乃亜は突然、梶野の脇腹を突く。

しかし次の瞬間、彼女はイタズラしておきながら、ひどく不満げな顔をする。

「……カジさん、ぜい肉を家に忘れてきていませんか?」

「いや着脱できるもんじゃないよね、ぜい肉って」

どうやら瘦《や》せっぽちな梶野《かじの》が気にくわないらしい。

「昔から太りにくい体質なんだよ」

「やだ憎たらしい! 憎しみマインド!」

おそらく流行《はや》りのギャル語なのだろう。乃亜《のあ》の言動には時折、謎の用語が出現する。

「アタシなんて最近お腹がポヨッからポニッになって喜んでたのに!」

「うん、擬音《ぎおん》の違いが独特すぎてよく分からない」

「ほら確かめてみてっ、ほら!」

「いやいいから!」

乃亜は梶野の手を摑《つか》み、自身のお腹を強引に触らせようとする。

公衆の面前でのハレンチ行動に、梶野は大いにうろたえるのだった。

第二話　JKと唐揚げとハイボール

改札を出る梶野《かじの》の足取りは、珍しく軽やか。

久々に会社の宿題を持ち帰らず退社できたからだ。しかも本日は金曜日。梶野を束縛《そくばく》するものはもう何ひとつとして無いのだ。

感情が高揚した梶野は柄にもなく、駅ナカの有名店でケーキを購入していた。

どうしてか、二人分。

「（僕ひとりで食べていたら、乃亜《のあ》ちゃんに悪いしなぁ……）」

もはや乃亜が家にいることが前提の思考になっていた。

帰宅すると早速、タクトがリビングからズザザザーッとカーブしながら、元気いっぱいで突っ込んでくる。

だが、出迎えたのは彼だけだ。

「あれタクト、乃亜ちゃんは？」

もちろんタクトが答えるわけもない。梶野が持つケーキの袋を前に「何ですかこれは。僕が食べていいヤツですか？」と興味《きょうみ》津々《しんしん》な顔をしていた。

「……来ない日もあるか」

明かりの灯《とも》ったリビングからひょこっと笑顔を覗《のぞ》かせて「おかえんなさーい♪」と告げる乃亜。昨日までこの家にあった光景だ。

彼女がいない今、リビングは暗く、家中がシンと静まり返っていた。

「……んじゃ、せっかくだしこの時間から飲んじゃお」

いつもは乃亜が帰宅したあとに一杯飲む程度。

未成年の前でお酒を飲むのはどうかと思っていたので、この状況はむしろ好都合だった。

早速、炭酸で割ったウイスキーを用意。梶野はリビングにて、コンビニ弁当をつまみにしながらチビチビとグラスを傾ける。

「(揚げ物買ってくれれば良かったなぁ、唐揚げとか食べたいなぁ)」

ハイボールには唐揚げ。日本の常識だ。

非日常感から、飲み始めた時にはご機嫌だった梶野。しかしふと、気づいてしまう。

「(……こんな静かだったっけ、ウチ)」

テレビをつけていても、タクトがじゃれていても、不思議と感じる静けさ。

乃亜不在の違和感が、如実《にょじつ》に表われていた。

「(なんか、寂しいな……)」

「あーお酒飲んでるっ、めずらしーっ！」

「うおぁっ！」

突然の乃亜《のあ》参上。梶野《かじの》はむせ返る。

「の、乃亜ちゃんっ、どこからっ？」

「え？　普通に鍵開けて玄関からだよ」

合鍵を掲げてみせる乃亜は、不思議そうな顔をする。梶野は酔いが回っているせいで、乃亜の来訪に一切気づかなかったのだ。

「いやぁ、これ作ってたら遅れちゃって。揚げ物って大変だね」

取り出したのは大きめの保存容器。中身はぎっしり詰まった唐揚げだ。

「カジさんを太らせようと思って、頑張って作ったよ！」

「イヤな動機だな……乃亜ちゃんって料理できたの？」

「んや、これが初めて」

「初めてが揚げ物って……だいぶチャレンジャーだね」

「それがアタシのマインドっす。チャレンジング・マインドっす」

言葉の意味はよく分からないが、唐揚げは美味《おい》しそうにはできていた。

「ささっ、食べてみてくだせぇ。あっ、タクトは食べちゃダメーっ！」

匂《にお》いにつられタクトは大興奮だ。乃亜がその体を押さえている隙《すき》に、梶野がガリッと一口。

その瞬間、梶野は必死で言葉を選ぶ。

「お、おう、これは……」

「あ、ごめん！　こっち側はちょっと失敗したヤツだ。生焼けが怖くて揚げすぎちゃった」

梶野の反応を見て、乃亜は慌てて言い訳をする。「右側の方から食べて」と言うので、梶野は別の唐揚げを箸で摑《つか》んでもう一口。

「うん、こっちはちゃんと美味しいよ。黒胡椒《くろこしょう》が効いてて良いね」

「んふふ、でもレシピ通りだから～」

謙遜《けんそん》するが、乃亜の頰《ほお》は嬉しそうに緩みきっていた。

乃亜も持参したごはんとサラダを広げて食べ始める。「ん――天才っ、味が天才！」などと自画自賛しながら舌鼓《したつづみ》を打っていた。

「ハイボールって美味しいの？　一口ちょーだい」

「ダメダメ。ジンジャーエールで我慢しなさい」

「むーイジワルだ！」

「イジワルとかじゃないから。コンプラだから。コンプライアンス・マインドだから」

「あっ、それアタシの面白いヤツーっ！」

乃亜の登場により、瞬《またた》く間に梶野家に賑《にぎ》わいが戻った。空気に敏感なタクトも、先ほどまでよりウキウキしているようだ。

ただ、それは唐揚げのせいでもあるらしい。匂いにつられているのか、必死にテーブルをよじ登ろうとしている。

「こりゃダメだ。タクトにも何かあげないと鎮《しず》まらないや。オヤツとってくる」

「いってらっさーい」

しかしここで、梶野《かじの》は重大なミスを犯す。

梶野がそれを知ったのは、トイレで用を足し、キッチンからオヤツを手に戻って来てから。

その間およそ五分足らず。犯行はすでに完了していた。

「おすわり、おすわりー……よし!」

タクトにビーフジャーキーを与えたのち、異変に気づく。

何やら、乃亜《のあ》が静かだ。

「乃亜ちゃん、どうしたの?」

ソファにもたれかかり、顔を伏せている乃亜。

その顔を向けられると、梶野はギョッとした。

「ん~や~、飲んでないっすよ~」

ほんのり赤い顔、弛緩《しかん》している目元や口元。何よりそのヘロヘロな口調。

「乃亜ちゃん、まさか……」

見ればハイボールのグラスに、うっすらリップの跡がついていた。

刹那《せつな》、梶野の頭に優しくない未来がよぎる——。

『高校一年生の女子を家に連れ込み酒を飲ませたとして、二十九歳会社員を逮捕。男は「唐揚げを持って勝手に入ってきた。酒も勝手に飲んでいた」と容疑を否認。ネットでは男に対し「ちょっと何言ってるか分からない」「唐揚げのせいにするとは最低」「唐揚げは悪くない」などの意見が挙がっている』

「んふふ～カジさん、手ぇ貸して～？」

乃亜《のあ》は梶野《かじの》の右手を掴《つか》まえると、自らの頬《ほお》に当て、ご満悦。

「ひんやり～気持ちぃぃ～」

「の、乃亜ちゃん、何を……」

梶野の右手のひらに頬ずりする乃亜。想像以上にもちもちすべすべの頬……梶野は声にならない呻《うめ》きを漏《も》らす。

「あむっ」

「ひぃっ！」

ついには人差し指を咥《くわ》え出した乃亜。梶野は情けない声を上げる。

ハイボール一口で酔っ払った乃亜は、一発で理性が吹き飛んでしまったらしい。いつも以上に積極的に、梶野に迫っていく。

果たして梶野の理性は耐えられるのか。

それとも変態唐揚げ男としてネットのおもちゃになってしまうのか。

いずれにせよ、社会的に頓死《とんし》寸前であった。

「んふふ〜。カジさん、セクハラしていいですか〜？」

「ななな、何を言うんだ君は！」

「だいじょぶ、ちょっと耳の裏を嗅《か》ぐだけだから……」

「どんなフェチッ？　やめて来ないで！」

「よいではないか〜」

酔って顔が真っ赤の女子高生と、別の意味で顔が真っ赤のアラサー男。

異様なじゃれ合いを見せる二人に、タクトは「えぇ……何してんすか」と若干《じゃっかん》引いていた。

「（まずい、この状況は非常にまずい！）」

セクハラを仕掛けてくるこの女子高生からは、一刻も早く逃げるべきだ。

ただこの酔っ払いを放っておけば、何をしでかすか分からない。家に帰らせたとて、この状態の乃亜が彼女の親に見つかれば、梶野は一発でグッバイ俗世だ。

よって、相手をするしかない。

「カジさんは、アタシとタクトどっちが好き〜？」

「いや好きとかそういうのは……」

「答えないと前歯折りま〜す」

「怖っ！」

乃亜《のあ》とタクト、どちらが好きか。

ここは実際どうかというより、乃亜がお気に召す回答を用意すべきだろう。

「うーん……乃亜ちゃんかな」

「やった～、嬉しみの民～っ！」

言葉の意味はよく分からないが、満足したようで一安心だ。

ちなみに表面上、乃亜に敗北したタクトはというと「まぁ、別にいいですけど……」と言いたげな、少しふてくされた目をしていた。

「じゃあ、アタシと唐揚げならどっちが好き～？」

え、対戦相手それでいいの？

「そりゃ乃亜ちゃんでしょ……」

「いえ～ポンポ～ンッ！　じゃあ唐揚げとお漬物だったら？」

え、唐揚げが残るの？

「唐揚げかな……」

「違いまーす。正解は、ご飯と味噌汁《みそしる》があれば最強、でした～」

え、クイズだったの？

見るも無残に翻弄《ほんろう》され、疲弊《ひへい》しきっている梶野《かじの》。

一向に酔いが醒《さ》めない乃亜は、タクトの垂れ下がった耳をハムハムしていたところ、ふと思い立ったように、こんなことを言い放った。

「甘ぇもん食いてえなぁ」

悟空《ごくう》みたいな口調になっている。

「あ、そういやケーキ買ってきたんだ」

「やった、ケーキ食べたいの民！」

駅ナカの有名店、そのいちごタルトを一口。乃亜はとろけそうな表情で体を揺らす。

「んん〜舌があって良かったなぁ〜」

感想は独特だが、喜んでいるようで何よりだ。

「あ〜あ、カジさんがパパだったら良かったのに〜」

唐突な意味深発言に、梶野は一時停止する。

「パパって……どういうパパ？」

「何言ってんの〜、パパはパパでしょ〜」

それはそうである。が、乃亜が言うと少しニュアンスが変わってくる。

「乃亜ちゃん、今もパパ活してるの？」

梶野が乃亜と触れ合う中で、常に心の奥にあった不安。それを初めて尋ねた。

タクトを抱く乃亜は、どこか眠そうな表情で答える。

「ん～今はしてない。カジさんいるし。カジさんいるし」

どういう意味での言葉なのだろう。

「(僕との時間も、パパ活と同じ感覚なのかな……？)」

つい、顔に苦笑がにじむ。

「でも連絡は来てて……どうしようか迷ってる人は、いる」

「迷ってる人？」

「吉水《よしみず》さん……吉水さんは優しくて、前は吉水さんに助けられてたところもあって……」

「そっか。吉水さんに、ね……」

梶野《かじの》は、思案する。

パパ活で女の子と交流したいと思ったことは、ない。まるで知らない世界だ。

そこには純粋な触れ合いを求める者もいるだろうが、大概はいかがわしいことを考えている人ばかり。と、そんな先入観を持っていた。

ただその中で、乃亜《のあ》が救われてたなら。もし彼女にとって、その時間が大切だったと言うのなら……考えを改める必要もあるのだろうか。

「でも……やっぱカジさんは、パパじゃなくて……」

「え？」

「アタシの……お嫁さんがいいなぁ」

「嫁っ？　僕が嫁なのっ？」

「んん……ん～……」

乃亜はついには、ソファで寝息を立てていた。

「……まったく、もう」

梶野はため息をつくと、乃亜にかける毛布を取りに立ち上がった。


「……んがっ、散歩ぉ！」

乃亜がこんな声をあげたのは、眠ってから小一時間が経《た》った頃。

隣で寝ていたタクトと、ケーキを食べていた梶野は、その声にビクッと震える。

「おはよう、どうしたの」

「カジさんすみませんっ、今日散歩に行ってなかった！　唐揚げ作るのに夢中で……」

すっかり酔いは醒《さ》めたらしく、乃亜はハッキリした口調で告げた。

散歩にそこまで義務感を持っていたとは。梶野はつい吹き出してしまう。

「変な子だなぁ」

「え、ソレどういうことすか……ってカジさんケーキ食べてるっ、ズルい！」

「いや、乃亜ちゃんさっき食べたじゃん」

いちごタルトの食べカスが載っている皿を指さすと、乃亜《のあ》はキョトンとした。

「あ、なんかうっすらそんな記憶が……」

飲んだら記憶が曖昧《あいまい》になるタイプらしい。

今後乃亜の前での飲酒は絶対にやめようと、梶野《かじの》は心に誓った。

「でもっ、ほぼ覚えてないんだからノーカン！　一口ちょうだい！」

乃亜は「あーんっ」と大口を開けて、ケーキを待つ。

梶野は「仕方ないなぁ」と笑い、大きめに切り分けたケーキを乃亜の口に入れてあげた。

第四話　香月乃亜はとにかく嗅ぎたい

梶野《かじの》が出先から会社のデスクに戻ると、隣の席の後輩・花野日菜子《はなのひなこ》が真っ先に気づいて笑顔で出迎える。

「おかえりなさーい。向こうさんの反応どうでした?」

「なかなか好感触だったよ。ひとまず安心した」

「おーよかった。じゃあはい、ご褒美《ほうび》あげます」

ニコニコと花野はアーモンドチョコの箱を差し出す。梶野は「これはかたじけない」と一粒つまんで口に放り込んだ。

日菜子は新卒二年目で、梶野とは六歳も離れている。だが梶野の温厚な性格のせいか、日菜子の人懐《ひとなつ》っこさか、上司部下というよりサークルの先輩後輩のような関係性が築かれていた。

「…………」

「ん、どうしたの花野さん」

「あ、いや……梶野さんのスーツ姿、貴重だなぁと」

内勤デザイナーの梶野は、基本オフィスカジュアルで出勤する。

ただ今日のようにクライアントと直接やりとりする際は、スーツを着るようにしていた。

「スーツ似合いますよ、梶野《かじの》さん。内勤でも着てくればいいじゃないですか」

「やだよー。スーツ着るのがイヤだからこの仕事してるんだし」

冗談交じりに言うと、花野《はなの》は「もったいないなぁ」とわざとらしく頬《ほお》を膨《ふく》らませて笑った。


電車から降りた瞬間、梶野は感じ取った。

「(あ、雨の匂《にお》い)」

その通りとばかりに、プラットホームの屋根にポツポツ打ちつける音が響き始める。改札を出る頃には大雨となっていた。

梅雨入りして間もない時期、この事態は想定内だ。梶野はカバンに忍ばせていた折りたたみ傘を広げると、雨の音を聴きながら帰路についた。

帰宅しても、出迎えたのはタクトだけ。だが玄関には乃亜《のあ》のローファーがあった。

「(乃亜ちゃんはトイレかな)」

そう解釈すると梶野は、濡《ぬ》れた肩や足元を拭《ふ》くため洗面所に向かう。そのあとを、タクトもテコテコとついてくる。

「(あれ、タクトちょっと濡れてる?)」

小さな疑問を抱きつつ、梶野は洗面所の扉を開いた。

下着姿の乃亜がいた。

「…………」

「…………」

声を上げるでも、何らかの動きを見せるでもない。

二人は二～三秒、ただただ停止したまま。はっと我に返った梶野は静かに扉を閉めた。

リビングに戻り、ソファに座り、流れるように頭を抱える梶野。

見た。見てしまった。

つるんとした真っ白な肌。すらりと細く長い足。ちょっとだけ、ほんのちょっとだけポニッとしたお腹。ピンクのショーツに黒のブラ。思いのほか膨らんでいた双丘。

『女子高生の着替えを覗《のぞ》いたとして二十九歳会社員を以下略』

優しさの欠片《かけら》もない未来予想図が、脳内でハジけていた。

「…………」

しばらくしてリビングにやってきた乃亜は、学校の体操服姿だ。

無言で、ほんのり紅潮した顔で、梶野を見下ろす。

「すみませんでした」

平に、ただ平に。梶野は土下座する。

体操服姿の女子高生に土下座する、スーツ姿のアラサー男。悲しい光景が広がっていた。

何故《なぜ》乃亜は着替えていたのか。事情はこうだ。

タクトの散歩中に天気が急変。乃亜《のあ》は濡《ぬ》れネズミになりながら帰宅する。

乃亜はまずタクトの体を拭《ふ》いたのち、運よく学校の体操服を持ってきていたので、自身もそれに着替えることにした。

そこへ、梶野《かじの》がやってきたというわけだ。

「カジさん、ノックしましょうよ」

「……はい、すみません」

乃亜の声色には、怒気が含有されている。

それもそうだ。はっきりくっきり半裸を見られてしまったのだから。

どんな非難も受けようと、梶野は覚悟していた。

「カジさん……アタシ今ね、鬼ギレ五秒前の民なんすよ」

「はい……」

「なんでっ……なんでよりによってっ、二軍の下着の時に見るんすか――――っ！」

え、そこ？

乃亜は地団駄を踏みながら感情を吐き散らかす。

「まったく気合入ってない二軍のベンチの球拾いのブラとショーツ、しかも色違い！　なんでそんな鬼鬼鬼ダサい下着姿を見ちゃうんすか――――っ！」

認識に多少のズレはあるものの、憤《いきどお》っていることに変わりはない。梶野はひたすら謝るが、まったく収まらず。

「どうしてくれるんすか！　これは大変なことですよ！」

「本当にごめん！　何でもするから許して！」

「何でもですってっ？　何でもって……え、ちょっと待って」

「な、なに？」

「ていうかカジさん、スーツじゃないすか」

え、今？

「うん、今日だけね」

「ていうかカジさん、スーツじゃないすか」

「え、うん、だから今日だけ……」

「ていうかカジさん、スーツじゃないすか」

「バグった！　乃亜ちゃんがバグった！」

次の瞬間、乃亜はスマホを片手に梶野の周囲を駆け回る。

「ちょっとやだなんでっ、なんでカジさんスーツなの――っ？　やだやだカッコいい――っ、ひゅーポンポーン、イケメーン、メンイケ――っ！」

カシャカシャカシャカシャと撮影しまくる乃亜。よほどスーツ姿がお気に召したらしい。

梶野は本心では、死ぬほど恥ずかしかった。だがこれも乃亜の怒りを鎮《しず》めるためである。黙って撮られ続けるのだった。

スマホに百枚ほど梶野《かじの》のスーツ写真を収めたところで、乃亜《のあ》も落ち着く。

そこで、おずおずとこんなことを言い出した。

「カジさん、何でもするって言ったよね?」

「まあ、僕にできることなら何でも」

「それじゃ……」

乃亜は恥じらいながら、告げた。

「嗅《か》いでいいすか?」

「……え、何を?」

「カジさんを」

数秒考えたのち、梶野は猛烈に後ずさる。

「ダ、ダメだよそんなの!」

「やだー嗅ぎたい嗅ぎたいっ、スーツ姿の梶野さん嗅ぎたい――っ! 何でもするって言ったじゃん! 言ったよねタクトっ?」

ワンッ!

「ほら!」

これ以上ないタイミングで吠《ほ》えるタクトである。

「匂《にお》いとは、人生の記録のようなものだと、アタシは思うのです」

何やら語り始めた。その目は窓の外、遥《はる》か遠くを見つめていた。

「匂いはその人の積み重ねてきた時間、旅の道程を教えてくれます。それを隠そうとする香水の匂いすらも、梶野さんの慎《つつ》ましさを映しています。つまり匂いとは、目に見えない自叙伝と言っても過言ではないのです」

「過言だよ」

謎のロジハラで追い詰めてくる始末。梶野は眉根を揉《も》みつつ、降参する。

「分かったよ……で、どこを嗅ぐの？」

そこで乃亜は長考に入る。ポツポツと声が漏《も》れてきた。

「足……頭皮……耳の裏……」

梶野は、聞かなかったことにした。

数分後、答えは出たようだ。

「では今日は、首筋でお願いします」

「今日は……？」

了解を得ると、乃亜は緊張の面持《おもも》ちで実行に移す。

正面に立つと、その手を梶野の両肩に置いた。

「えっ、ちょっと待って！　前からなのっ？」

「え、え、前からじゃないのっ？」

両者、大パニックである。

ひとまず、お互いの認識を共有することに。

「僕はてっきり、後ろから嗅《か》ぐのかと……」

「ああ、ヴァンパイアスタイルっすね」

「そんな名前なの？」

「でも、それだと……」

「どうかした？」

「カジさんの背中に、おっぱいが当たっちゃう……」

「やめよう！　ヴァンパイアスタイルやめ！」

「それじゃあカジさんに寝てもらって、そこを嗅ぎにいく白雪姫スタイルとか」

「色々なスタイルがあるのね」

「でもそれだと……ぶっ、すみませんっ……絶対笑っちゃうから無理〜」

「…………」

結局、前からの正攻法スタイルでまとまった。

梶野《かじの》は前かがみになり、その両肩に乃亜《のあ》は手を置く。

そうして乃亜の顔が、梶野の首に、ゆっくり近づいていく。

「（いや、やっぱダメだろ……だってこれ――）」

「（あ、どうしよう。これやばいかもっ……なんかこれ――）」

「「（キスするみたい……！）」」

ドクンドクンと、互いの鼓動の音が聞こえるほどの距離。

それはまるで、唇を重ねるかのように。

乃亜の鼻先が、梶野の首筋に触れ――。

くん。

ワフッ！

「「ッッッ！」」

ズザザザーッと、乃亜と梶野は一斉に距離を取る。

二人の視線はタクトの方へ。またも奇跡的なタイミングでくしゃみをした罪な犬は「え、何ですか？　ごはんですか？」といった顔をしていた。

「……乃亜ちゃん、満足した？」

「……はい。でもアレっすね。こういうこと、あんまりしない方が良いかも……」

「うん、僕もそう思う」

恥ずかしさから顔を背けていた梶野と乃亜。

しかし不意に、目線が合う。

「(あ、乃亜《のあ》ちゃん……)」

「(あ、カジさん……)」

そうして再び、思考はリンクした。

「「(耳まで真っ赤……)」」

第五話　来ちゃった♡

「カジさんの会社って、女の人どれくらいいるの？」

乃亜《のあ》が尋ねてきたのは、いつものように夕食を共にしていた時だった。

「男女比は半々くらいだよ。あー、でも僕以外のデザイナーは全員女の人だね。営業の同期も女性だから、僕の周りはけっこう異性が多いかな」

「ふーん」

乃亜は何やら難しい顔だ。

「みんなキレイ？」

「うーん、キレイかどうかでいうと……まぁそうかもね」

「ふー――ん」

乃亜は頬杖《ほおづえ》をつき、見定めるような目つきで梶野《かじの》を見つめる。

思えばこの時から、不穏な予感は漂っていた。

翌日の通勤中のこと。乃亜から梶野のスマホへメッセージが届いた。

『カジさんちの前にこれ落ちてるよ、社員証？』

送られてきた写真には、玄関先にポツンと落ちている梶野の社員証が写っていた。カバンの中を覗《のぞ》いてみるも、もちろん見当たらない。

面倒なことになったと梶野は嘆息する。

「(なんで玄関なんかに……いやむしろ、落としたのが玄関で良かったのかもな。都合よく乃亜ちゃんが拾ってくれたわけだし)」

何はともあれ、返信せねば。

『ありがとう。それ預かっといてもらえる？』

『無くても大丈夫なんすか？』

『うん、今日だけなら何とか』

会社の最寄駅に着いたところで、梶野はやりとり終了の合図となるスタンプを送った。

梶野がビルの受付で入館の手続きをしていたところ、同僚と遭遇した。後輩の花野日菜子《はなのひなこ》だ。

「おはようございます梶野さん。どうしたんですか？」

「花野さん、おはよう。いやー社員証を忘れちゃってさ」

ビル内の通用口やエレベーターは、社員証が無ければ開かない。忘れてしまった場合は仮社員証を作る必要があるのだ。

「やっちゃいましたねぇ梶野さん。仮社員証を作るの面倒ですよー」

「そうなんだよねぇ」

梶野《かじの》は自身のデスクに着くと改めて、仮社員証を発行するための書類を作成する。

そこへ、また別の女性がやってきた。

「梶野、中目黒《なかめぐろ》の店からコンセプトシート届いたよ……なに、社員証忘れたの？」

「あぁエマ。そうなんだよ」

営業の京田《きょうだ》エマ。梶野の同期である。

日本人の父とイングランド人の母を持つハーフで、目鼻立ちがくっきりとしている。

後ろ髪をバレッタでまとめて、恰好《かっこう》は足の長さが際立つパンツスタイル。営業らしく本日もビシッと決まっている。

エマはその切れ長の目から、イタズラっぽい眼差《まなざ》しを梶野へ向ける。

「抜けてるねぇ。同棲《どうせい》してる彼女にでも持ってきてもらえば？」

「えッ、梶野さん同棲してるんですかッ⁉」

隣の席から激しく反応したのは日菜子《ひなこ》だ。

ただ梶野はというと、ウンザリした表情で対応する。

「してないよ。おまえワザと言ってるだろ」

「なはは、そうだっけー。にしても日菜子の反応は可愛《かわい》いなぁ」

「あっ、エマさん騙《だま》したんですね！　セクハラですよ！」

女性同士のじゃれ合いを尻目に、梶野は記入を続ける。

すると、今度は総務の人が梶野の元へやって来た。

「あの……梶野さん、下から連絡があって……」

「下？」

何やら言いにくそうな表情で、告げた。

「梶野さんの社員証を届けに来たと言っている人がいるみたいで……高校の制服を着た女の子らしいんですけど……」

ピシッと、空気の凍る音が聞こえた。

日菜子もエマも口を止め、ギギギとゆっくり梶野に顔を向けていく。

「…………」

猛烈な視線を避けながら、梶野はそそくさとエレベーターホールへ走った。

「あっ、カジさーん！」

受付にいたのは、やはり乃亜《のあ》だ。

オフィスビルのエントランスで仁王立《におうだ》ちする、制服姿のギャル。あまりに異様な光景に出勤する人々はみな頭にハテナを浮かべて通り過ぎていく。

「の、乃亜ちゃんっ……学校は？」

「この後行くよー。はい、社員証」

平然と、そして堂々と遅刻宣言だ。

よくよく考えれば、あのメッセージ自体が不自然だった。

高校の登校時間はだいたい八時過ぎ。九時出社の梶野《かじの》が電車に乗っている時、乃亜《のあ》から玄関の写真が送られてくるということは、そもそもすでに遅刻が確定していたということだ。

「ダメだよ……こんなことで遅刻しちゃ」

「でも、カジさんが困ってると思って」

「うーん……」

いかんともしがたい。

対して乃亜は小学生のように純粋な瞳で、オフィスビルの内部を見渡す。

「これ全部カジさんの会社なの？」

「いやウチが入ってるのは一フロアだけ……というかそんなことどうでも良いから、早く学校行きなって！」

「でも～カジさんの職場見たいな～？」

「ダ、ダメだよそんなの！」

「むー、分かったよぅ」

乃亜は口を尖《とが》らせ、しぶしぶ引き下がった。出口へトボトボと歩いていく。

その寂しそうな背中には、チクッと胸が痛んでしまう。

「……乃亜ちゃん、届けてくれてありがとうね」

梶野がそう告げると乃亜は振り返り、ニヒッと歯を見せて笑うのだった。

乃亜を見送る中で、梶野の頭の中には様々な感情が去来する。

「(これはさすがに、後でちゃんと注意しなきゃな……)」

そうして梶野も踵《きびす》を返し、エレベーターへ。

その時、目が合った。

「「………」」

覗《のぞ》くようにしてこちらを見ている、日菜子《ひなこ》とエマ。同僚二人は形容しがたい、珍妙な表情を浮かべていた。

「……梶野、今日ランチ付き合え、な?」

「行きましょうね、梶野さん」

「……はい」

痛々しい沈黙に包まれた、三人だけのエレベーター内。

ふと、エマが梶野に問う。

「あ、一応通報しておく?」

「やめて!」

十二時過ぎ、会社近くのエスニック料理店にて。

「日菜子《ひなこ》、そろそろ店員さん呼ぶよー」

「あぁ待ってくださいっ。ナシゴレンにしようか、カオマンガイにしようか……」

花野《はなの》日菜子は一食一食の出会いを大切に生きている。よって今日も今日とてランチメニューを決めかねていた。

「どっちも頼んじゃえよ。どうせ梶野《かじの》が払ってくれるから」

「いやいや……端数くらいなら払うけどさ」

「え、マジか。じゃあ私、特製ランチセットにしようかな」

「……一九九九円って書いてあるけど、まさか九九九円払わせる気か？」

注文を終えたところで、話のトーンが急激に変わる。

「それで梶野、今朝の女子高生は何なの？」

答えによってはコンプラ違反。場合によってはお巡りさんこっちです。

梶野の直属の後輩である日菜子は、どこか祈るような瞳で見つめている。

「お隣さんだよ、ただの。社員証が玄関に落ちていたから届けてくれたんだって」

日菜子とエマは一度、目を合わせた。

ツッコミどころ満載の回答に対し、代表してエマが告げる。

「あのね、梶野。ただの隣人の社員証を、わざわざ会社にまで届けてくれるＪＫが、どこの世界にいるのよ」

「びっくりだよね、ほんと」

「梶野さん、真剣に答えてください。私の目を見てください。ほら」

本当に面倒な二人に見られてしまった。梶野は深いため息をつき、白状する。

「最近よく話してるのは事実だよ。犬の散歩をお願いしたりもしてる」

「ああ、タクトだっけ。キャバリアの子」

「可愛《かわい》いですよねぇ。私も一度会ってみたいです」

梶野が写真を見せびらかすせいか、タクトは社内でも人気の存在なのだ。

「社員証を持ってきたのは僕の職場を見たがっていたのと、授業をサボる良い口実だったからじゃないかな。学校好きじゃないみたいだし」

「確かに、いかにも勉強より大切なものを探してる顔だったね」

「どういう偏見なんですか」

愉快そうに軽口を叩《たた》いていたエマだが、ここで一転して真摯《しんし》な口調になる。

「仲が良い女子高生とアラサー男、という間柄にもいくつか種類があるよね」

「……例えば？」

エマはレモン水で一度口を潤したのち、言葉を連ねる。

「ひとつ。お醤油《しょうゆ》の貸し借りをするような、ごく普通のご近所さん。ふたつ。社会的には微妙な線引きにある感情を持ち合った関係」

「…………」

「もうひとつ。言いたかないが……金銭授受が約束されている関係」

日菜子《ひなこ》の息を呑《の》む音が聞こえてくるようだった。

「ひとつ目だよ、僕の中ではね」

緊張感を切り裂くように、梶野《かじの》がはっきりと告げた。

日菜子がおずおずと問いかける。

「僕の中では、というのは……？」

「最後のは絶対にないよ。でもふたつ目に関しては……僕にその気がなくても、向こうがその感情を持っている可能性は、ないとは言えない」

いくらなんでも、ただの隣人にここまで構う女子高生はいない。

それに気づかないほど、梶野は鈍感じゃない。

「まぁそれは、梶野にはどうしようもないわな。あの年頃の女の子なら、大人の男に興味を持ってもおかしくはない」

「そうですね。高校の時、私の友達にも大人の人と付き合ってる子はいましたし」

そういった部分に関しては、やはり同性の方が共感できるようだ。

「二人の関係については、まぁ梶野の言うことを信じるよ。でもさ、一体どういうきっかけでそこまで仲良くなったの？」

「確かに、都会だとお隣さんとはあんまり交流持たないですよね。私なんて隣に住んでる人の顔すら知りませんよ」

キュッと、梶野の喉《のど》が詰まる。

まさか本当のことを言えるわけがない。自分のためにも、乃亜《のあ》のためにも。

「きっかけはタクトだよ。初めは散歩してる時に会って、いろいろ話してるうちにタクトの散歩をお願いするようになって。話を聞く限り家庭とか学校でもうまくいってないみたいだから……少しでも癒やしになればと思ってね」

我ながら、よくすらすらとウソが出るものだ。梶野は己に感心する。

「梶野さんはお節介ですもんねぇ。タクトくんも拾っちゃったんですよね」

「『も』って何だよ。女の子を拾った覚えはないよ」

「あはは、すみません。要は、梶野さんは優しい人だってことです」

感嘆してくれる日菜子に対しては、ほんのり罪悪感。

「そういうことなら安心だね。いやー一時はどうなるかと思った」

「本当ですよ。でも梶野さん、本気になったらダメですからね」

「分かってるって」

「でも高一ならもうすぐ結婚できるだろ、法律的に。仮にそうなっても私は祝福するよ」

「ダメですよそんなのっ！　ダメですからね梶野さん！」

「大丈夫だって。エマは結局どっちなんだよ」

そこへ、注文した料理が運ばれてくる。

日菜子《ひなこ》は「わーい！」とスマホで写真を撮って満足げな表情。

「さ、食べようか。話も終わったとこだし」

「はいっ、いただきまーす！」

独特なスパイスの香りが漂う中、三人そろって食べ始める。

しかしふと、エマが思い出したように言う。

「そうだ、梶野《かじの》」

「ん？」

「一応言っておくけど、どんなに仲良くなっても女子高生を家に入れたらダメだよ。それだけでお縄になることもあるんだから」

「……ウン、ワカッテルヨ」

その時、梶野は感情を殺した。

◇◆◇◆

梶野は自宅の扉の前に立つと、ひとつ深呼吸。緊張が体の中で巡り、鼓動が速くなっている

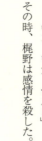

のが分かる。

今朝の乃亜《のあ》の仰天行動《ぎょうてん》。遅刻前提の、突然の会社訪問。

ただ驚いた、で終わってはいけないレベルだろう。

「(ちゃんと注意しないと、乃亜ちゃんのためにならない……)」

なんだこの子育てパパみたいな悩みは。子供どころか結婚すらしていないのに。結婚どころか彼女さえもいないのに。家にいるのはワンコが一匹だけ。はぁー幸せ。

ひとしきり自虐《じぎゃく》を終え、扉を開く。

「おかえんなさーい♪」

やけに上機嫌な乃亜は、制服にエプロン姿で出迎えた。

「ただいま。乃亜ちゃん、あのさ……」

「ねぇ見てっ。いまアプリでアタシとタクトの顔を交換したんだけどさ、これヤバくねっ？」

「いや、それより……うはっ、なんだこれ！」

「ウケるっしょ――、マジ人面犬！」

盛り上がりながら二人はそろってリビングへ。

梶野はハッとする。何を一瞬で忘れているのか。

「それより乃亜ちゃん……」

「また唐揚げ作ったよっ、食べるっしょ？」

にすり寄るのだった。


「用意するから、タクトと遊んで待っててねー」

キッチンへ消えていく乃亜《のあ》。タクトは「ですって。さあ遊びましょうか」といった顔で梶野《かじの》にすり寄るのだった。

「あ、うん」


「はー、満腹の民！」

「衣が美味《おい》しかったなぁ。乃亜ちゃんは唐揚げの才能あるね」

「いひひー」

結局そのまま晩ごはんまで終える始末。梶野は自身の情けなさに震えていた。

たった一言の注意が、何故《なぜ》言えない。

「そういえばさー」

「ん、なに？」

「カジさんの会社の受付さん、ちょー美人だったね」

「ダァーーッシ！」

突発的に絶好の話題を振られ、変な声が出た梶野。おとなしく佇《たたず》んでいたタクトも「何事ですかっ？」といった顔で振り返った。

「だぁーし？」

「すみません、その話がしたかったたって意味です」

「受付さんの話？」

「それでなく」

改めて深呼吸。梶野は落ち着いた口調で尋ねた。

「乃亜ちゃん、あのあと学校行った？」

「んーん、行ってない。メンドくさマインドになっちゃって、映画観に行ってた」

「乃亜ちゃん……ダメだよ、ちゃんと行かないと」

「だいじょぶだって。丸一日サボるのは、たまーにだから、ほんと」

パパ活をしている時点で……というのは偏見だが、予想通り乃亜の学業に対する意識は低いようだ。勉強に興味がなく、友達がいないのだから当然なのかもしれない。

「乃亜ちゃんはさ、将来どうしたいとかあるの？」

「そんなの考えてないよー、まだ高一だし」

「でも学校行って勉強することで、将来の選択肢も増えて……」

「もーいーよー、先生みたいなこと言わないでよー」

乃亜は不満げに話を断ち切った。

どうしたもんかと、梶野は頭をかく。

「（しょせんは隣の家のオッサンだし、そこまで踏み込む必要はないのかな……）」

親でも先生でもないくせに、人にあれこれ言う資格はないのかもしれない。梶野《かじの》は無理やり頭を冷やしていく。

「まぁそうだね……ごめん。でも、もう会社に来たらダメだよ。社員証だって、無くても一日くらいは支障ないいんだから」

「はーい。カジさんも、もう社員証落とさないよーに！」

「そうだね。それにしても、なんで玄関なんかで落としたんだろう……」

ふと、梶野はわずかな異変に気づく。

乃亜《のあ》は「ねー」と相槌《あいづち》を打ちつつ、その視線は梶野から逃れるように泳いでいた。

「…………」

そもそも社員証を落とすこと自体、ありえない。勤務中以外、カバンから出すことはまずない。またそのカバンも、家を出てから会社に着くまで開けることはほとんどない。

なのに何故《なぜ》、よりによって乃亜が見つけやすい玄関に？

「……乃亜ちゃん、もしかしてだけどさ」

「なーに？」

「昨日、カバンから社員証、とった？」

昨晩、梶野がリビングを離れる瞬間は何度かあった。食器を片付ける際やトイレに立った時など。加えて乃亜が職場の女性比率などに興味を示していたのも昨晩だ。

乃亜は、明らかにオロオロとしだした。

「えっ、いや、そんなわけ……」

「正直に言ってよ。もう終わったことだし、怒んないからさ」

梶野はそう言って、愛嬌《あいきょう》のある笑顔を作ってみせる。

それにつられてか、ついには乃亜も白状した。

「うー、ごめんなさいっ。こっそり抜き取っちゃいました……」

「やっぱりねぇ。ちなみに理由は？」

「カジさんの職場が見てみたくて……」

理由もほぼ予想通り。可愛《かわい》いと言えなくもない動機である。

こうして落とすはずのない社員証の紛失という難事件は、見事にまるっと解決。

梶野はやけに晴れ晴れしい表情だ。

「そっかそっかー。あ、そうだ、ちょっと合鍵を見せてくれない？」

「え、うん、いいよー」

乃亜がポケットから取り出したこの家の合鍵。受け取ると、梶野はさらっと申告する。

「罰として、一週間ウチに来るの禁止です」

「えー――っ！」

突然の謹慎宣告。乃亜は両手を上げて驚嘆する。

「当たり前だよっ、乃亜《のあ》ちゃんがやったのは立派な犯罪ですっ！」

「怒らないって言ったのに――――っ！」

さすがに堪忍袋《かんにんぶくろ》の緒《お》が切れた梶野《かじの》。乃亜の反発の言葉には耳も傾けない。

「タクトの散歩はどうするのっ？」

「なんとかします」

「タクトだって寂しいよねっ？　ねっ？」

抱き寄せられたタクトは「え、オヤツですか？」といった顔をしていた。

「う――――、じゃあまたパパ活やるから！」

「えっ……」

「いいんだねっ？　やるからねっ？」

その脅《おど》しにはグラグラと心を揺さぶられる。

だがここは、情を捨てなければいけない場面だと、梶野は心を鬼にする。

「べ、別に……僕の知ったことじゃないから。好きにすれば？」

いや、この言い方は突き放しすぎだ。瞬時にそう思ったが、遅かった。

「っ……」

乃亜は、ショックで言葉も出ないようだった。目を見張ったまま、化石のように動かない。

そうしてポロポロと涙を落とし始める。

「うー、バカバカ！　カジさんのバカーーーッ！」

「ご、ごめ……」

「もう知らないっ！　もう散歩もしないしっ、一緒にごはんも食べないしっ、唐揚げも作ってあげないからね！」

乃亜は立ち上がると、派手に足音を立てて玄関へ向かっていく。

「カジさんのバカ！　ガリガリ！　天パー！　変な靴下！　もう行くからね！」

「………」

「行くよ、ほんとに！　アタシ行くからねっ、止めなくていいのねっ？」

「………」

「うーーーっ！　カジさんなんてハゲちゃえーーーっ！」

恐ろしい捨て台詞《ぜりふ》を残し、乃亜は梶野家から出て行った。

第六話　乃亜の幸せ

「梶野《かじの》ー、恵比寿《えびす》の店に別の案件のデータ送ったでしょ。クライアントから連絡きたよ」

エマの指摘に、梶野は肩を震わせる。

「ウソッ……うわ、ほんとだ……」

「パスワードロックかかってたから良かったけど、あやうく情報流出するところだったよ？」

「ごめん、送り直すわ……」

エマと隣の席の日菜子《ひなこ》は、そろって梶野の顔を覗《のぞ》き込む。

「なんかいつもと雰囲気《ふんいき》が違うなぁ」

「どうしたんですか梶野さん。体調悪いとか？」

「アレか、あのＪＫにフラれたんか？」

「エマさんは一度、コンプラ講習を受け直したらいいと思います」

ヘラヘラ笑うエマと、咎《とが》める日菜子。

ただ事実として、当たらずとも遠からずではある。

乃亜《のあ》が謹慎に入って三日目。

外が明るいうちに帰宅し、太陽が落ちるまでタクトと散歩。ひとりで夕飯をとったのち数時間ほど仕事。一杯だけ飲んで就寝。

日常であったはずのアフター6が、梶野に違和感を与える。それが原因かどうかは定かでないが、梶野の集中力が低下しているのは事実だった。

「大丈夫だよ、なんでもないから」

笑顔を作ってみせる梶野に、それでも日菜子とエマは納得いってない様子だった。

「……ちなみにだけど、ひとつ聞いてもいい？」

ここで初めて梶野は弱気な表情を見せた。

「僕の靴下って、変？」

そこそこ気にしていたらしい。


コンビニで無意識に二人分のプリンを手に取ってしまった直後、梶野は情けなく笑う。

習慣とは恐ろしいものだ。

「（謹慎四日目……いや、謹慎が明けてももう来ないか。乃亜ちゃん、すごい怒ってたし）」

たとえそうなっても、以前の日常に戻るだけ。これまでが異常だったのだ。

そう自分に言い聞かせるしかないと、梶野は無理やり前を向こうとしていた。

「こんばんは」

マンションのエントランスにて、エレベーターを待っていた時だ。

隣にやってきた女性を見て、梶野《かじの》は背筋を伸ばす。

「香月《こうづき》さん、こんばんは」

乃亜《のあ》の母親だ。

短髪で目鼻立ちがハッキリしている顔立ち。高校生の娘がいる女性として相応のシワが刻まれている一方で、快活とした雰囲気《ふんいき》は若々しさを感じさせる。

梶野に向ける表情は柔らかだが、気の強さが瞳から滲《にじ》み出ていた。

「梶野さんは、いつもこれくらいの時間に帰宅されるんですか？」

「ええ、そうですね。香月さんは？」

「こんな早い時間に帰るのは数か月ぶりですよ」

「それはお疲れ様です。失礼ですが、お仕事は何をされてるんでしたっけ？」

「中学校の教員です。剣道部の顧問もしているので、放課後や土日も忙しくてね」

エレベーター内で妙に弾む会話。話をするのは引っ越しの挨拶《あいさつ》以来だ。

乃亜が嫌っていることから梶野も少し構えたが、杞憂《きゆう》だったようだ。

そこでひとつ、梶野は踏み込む。

「それだけ忙しいと、娘さんと触れ合う時間も取りづらいんじゃないですか？」

ほんの零コンマ数秒。少しだけ不自然な間を挟み、母親は答える。

「ウチはずっと放任主義なので、乃亜もすでに自立した考えを持っていると思います。なのであまり心配はしてません」

「……そうですか」

そうして二人は、壁一枚隔てた各々《おのおの》の自宅へと入っていく。

「……うーん」

猛烈な勢いで出迎えるタクトを撫《な》でながら、梶野は難しい表情だった。

タクトの散歩を終えると、梶野はすぐに夕食をとる。コンビニ弁当を口に運びながら、テレビをぼーっと眺めていた。

「ん、どうしたタクト」

突然タクトが変な動きをする。部屋の端へ向かっていき、壁をじっと見つめていた。耳をすますと、壁の向こうからかすかに人の声のようなものが聞こえた。テレビの音量をオフにすると、すぐに判明する。

お隣、香月家から聞こえてくるのは二人分の怒声だ。

内容は聞き取れないが、二つの女性の声が激しくぶつかり合っているのが伝わる。タクトは心配そうに壁の前で右往左往していた。

それが一分間ほど続いたのち、扉が閉まる音を合図に舌戦は止《や》んだ。

すると次の瞬間、梶野のスマホが振動する。着信の相手は、乃亜だ。

「……もしもし？」

「もしもし、カジさん？」

「どうしたの、乃亜《のあ》ちゃん」

「すみません。ちょっと、声が聞きたくて……」

電話越しでも伝わる、鼻が詰まったような乃亜の声。それが聞こえたのか、タクトはトコトコとスマホを持つ梶野《かじの》に寄ってくる。

「迷惑ですよね、こんな電話……しかも謹慎中なのに」

「……いいよ」

梶野が選択したのは、ひとまずの優しさだった。乃亜は「え……」と呟《つぶや》く。

「別に、電話したらいけないとは言ってないしね」

「っ……ありがとうございます……」

「うん。あ、そういや乃亜ちゃんに聞きたかったんだけど……」

「なんですか？」

「僕の靴下って、そんなに変？」

「気にしてたんですね……ふふっ」

それから二人は小一時間、取るに足らない、明日には忘れるような話題で盛り上がる。

乃亜の心は、この時間で多少なりとも晴れたかもしれない。

だが梶野の心にはずっと、電話に出てもなお、小さなトゲが刺さり続けていた。

◇◆◇◆

「でね、その映画が凄《すご》かったの！」

「へー、どんなの？」

「マッチョなおじさんがね、ゾンビを肉弾戦でボコボコにしていくんだけど、最後に腐った牛乳を飲んで死んじゃうの！」

「すごい映画だね……」

「うんっ、ちょーつまんなかった！」

「えっ」

梶野はスマホから聞こえてくる乃亜のおしゃべりに反応しつつ、ディスプレイを見つめてデザインを修正していく。

会話というより、ラジオを聴いているような感覚だ。

「てか、カジさんまだ仕事終わらないの？　もしかしてアタシ、邪魔《じゃま》？」

「今日はたまたま修正箇所が多くてね。全然邪魔じゃないよー。むしろ乃亜ちゃんの話を聞いてると頭がスッキリする」

「えへへー……ん、それってアタシの話がスッカラカンってこと?」

梶野《かじの》と乃亜《のあ》はここ数日、毎晩通話していた。

乃亜が怒って出て行った日以来、二人はまだ顔を合わせていない。だが乃亜の口調からして機嫌は直っているようだ。

ただ電話越しに会話する必要も、もうなくなりそうだった。

「やっと謹慎とける〜、明日楽しみ!」

乃亜に課した梶野家一週間出禁令。その期限は本日までなのだ。

「なんか、反省を感じないな……」

「いやいやっ、ガチ反省マインドです!」

「言っておくけど、カジさんはまだちょっと不信感マインドだからね?」

「うーーもう絶対やらないってーーっ!」

仕事を終えたところで通話も終了する。

乃亜の声を聞きに来たのか、デスクの下で寝転んでいたタクトは「お仕事終わりましたね。なら僕と遊ぶ時間ですね」と期待いっぱいの顔をしている。

しかし梶野は、どこか難しい表情だった。

「(このままでいいのかなぁ)」

翌日、土曜日。

乃亜の来訪を告げるチャイムが鳴ったのは、昼過ぎのことだった。

「チャイム鳴らしたことなかったから、ちょっと緊張したし」

「そういやそうか。合鍵で入ってたしね」

一週間ぶりに登場した乃亜に、タクトは猛烈な勢いで突っ込んでいく。

「おおおおタクトォ！　アタシのこと覚えてるかーっ？」

ワフッ、ワフッ。

「よしよしっ、はー――そうそうこの香ばしい匂《にお》い……クセになるぜぇ」

若干《じゃっかん》危ない発言をしながら、乃亜はタクトを力一杯抱きしめた。

ふと、乃亜がじっと梶野を見つめる。

「え、何？」

「カジさんも、ぎゅーってする？」

両手を広げてニッコリ微笑《ほほえ》む乃亜に、梶野はつい後ずさる。

「い、いやいや……」

「えー何その反応。なんかショックの民」

「それより、だいぶ早くに来たね」

これまでの乃亜は休日でも、夕方以降にやって来ることが多かった。だが今は、昼の十二時過ぎ。彼女はその理由をさらりと告げる。

「今日はあの人が家にいるんすよ。中学校が試験期間で部活動ないとかで。顔見たくないからさっさと来ちゃった」

その時、梶野《かじの》の脳裏に蘇《よみがえ》ったのは、壁の向こうから聞こえてしまっていた乃亜《のあ》らの怒声。

「……じゃあ、あんまり大き声は出さない方がいいかもね」

「あはー、心配性だなぁカジさんは」

乃亜はソファに座り「ふいー」と安堵《あんど》の声を漏《も》らす。タクトも追いかけていくと、乃亜の膝《ひざ》の上に乗りご満悦の表情だ。

その牧歌的な光景を前に、梶野も笑みをこぼした。

「ほらほら、カジさんも座って？」

「え、なんで」

「いいから」

仰《おお》せの通り、梶野は乃亜と拳《こぶし》二つ分ほどの距離を空けて座る。

すると乃亜は拳二つ分、ひとっ飛びで詰めて来た。

「え、ちょっ……」

泡を食う梶野。逃げないように、乃亜が腕をがっちり捕まえる。

柔らかな身体、じんわり伝わってくる体温、鼻をくすぐるシャンプーの香り。密着してくる女子高生に梶野は、意味も分からずドギマギしていた。

「はぁ……幸せ」

犬とアラサー男に囲まれ、乃亜は至福の表情だ。

「生きてるって、感じがする」

「そんな大げさな」

「大げさじゃないもん」

そう言って乃亜は、捕まえている梶野の腕に鼻を近づけようとする。「嗅《か》がないの」と制されると、いたずらっぽく笑っていた。

この一週間はよほど乃亜にとって長かったのだろう。

安心しきった顔で、一人と一匹に挟まれていた。

「ねえ、カジさん」

ポツリと、乃亜が呟《つぶや》く。

「アタシがここに来るの、迷惑?」

「え……」

まぶたを落としている乃亜は、穏やかな表情を浮かべたままだ。

「迷惑って……なんで?」

「さっき、ウチに母親がいるって言った時、カジさんちょっとだけイヤな顔してたからさ」

「…………」

梶野《かじの》はとっさに言葉が出ず、変な沈黙を作ってしまう。

「迷惑だなんて思ってないよ。ただ、乃亜《のあ》ちゃんがここにいるのがバレたら、大変だからさ」

「大変なの？」

「そりゃ……僕が乃亜ちゃんを家に入れていること自体、世間的にはよくないことだから」

「……そっか」

先ほどまでのタクトは乃亜の太ももに顎《あご》を乗せて、気持ち良さそうに目を細めていた。だが今は顔を上げ、じっと乃亜を見つめている。

乃亜は瞳を閉じたまま、口だけが小さく動く。

「この一週間、ずっと考えてたんだ。どこにいるアタシが、一番自然体なんだろうって」

「自然体？」

「家とか学校はやっぱり息苦しくてさ。またパパ活してやろうかとも思ったけど……でも、気づいちゃったんだ。パパ活をしてるアタシは、結局はおじさんたちに気に入られようとしているアタシだったんだって」

「…………」

「こんなこと、少し前まではまったく感じなかったのにね」

乃亜は自虐的《じぎゃくてき》に笑う。タクトはそんな彼女の体に頭をグリグリと押し付けていた。

タクトのように、無邪気に彼女へ寄り添うことができたなら。

アラサーと女子高生。この関係性が、梶野の感情を抑制する。

「カジさん、なんであの日、アタシなんかに構ったの？」

「え……」

二人にとってのすべての始まり。

乃亜のパパ活を目撃し、交わされた脅迫関係。

「パパ活のこと、親にでも学校にでも言えば良かったじゃん。そうすれば、余計なことに気づかなかったのにさ」

「…………」

「中途半端に優しくして、途中で捨てるくらいなら……最初から拾わないでよ」

淡々とした口調。見えない瞳。何の色も映さない表情。

その台詞《せりふ》が本音だと裏付ける証拠は、どこにも現れていない。まるでノートの切れ端に書かれた落書きのように、その言葉は瑣末《さまつ》に扱われていた。

「なーんちゃってね！」

乃亜は目を開くと、おどけた風に笑って見せた。

「さて。じゃあアタシ、久々の散歩かましちゃっていいすか？」

「……うん」

「よっしゃタクト行くぞーっ！」

そうして乃亜《のあ》はあっという間に散歩の準備を終えると、「いってきまーす！」とタクトと共に家を飛び出していった。

一人残された梶野《かじの》はソファに座り、静まり返った部屋を見渡す。

「……三週間くらい、だっけ」

乃亜が家に来てから今日までの、色とりどりの記憶が蘇《よみがえ》る。

毎日のように一緒に夕食を食べ、なんでもない話で笑い合って。いろいろ嗅《か》がれたり、乃亜が勝手にお酒を飲んで大変なことになったりもした。

何度か、一緒に散歩へも行った。

『アタシとタクトはチーム拾われっす！』

河川敷にて、乃亜はこんなことを言っていた。

そして先ほども……。

『中途半端に優しくして、途中で捨てるくらいなら……最初から拾わないでよ』

乃亜はずっと、自分は拾われたと思っていたのだろう。

「拾ったつもりはないって、言ったのにな」

タクトを拾ったのは、そこに死の危険があったから。放っておけばこの子は死んでしまうだろうと、容易に想像できたから。

乃亜に構ったのは、もっとソフトな思いによるものだ。このお節介によって、彼女が少しでも正しい方向へ進めればと、そんな願い。

「(中途半端な優しさと言われれば、そうかもな……)」

女の子を拾うなんて、そんな大それたことした覚えはない。

それでも乃亜はこの1LDKの空間で、孤独な心をわずかに癒やしていたのかもしれない。

仮に、彼女を救える場所が世界中でここしかないのなら――。

リスクがあるから。倫理に反するから。そんなことで、助けを求めている人を選ぶな。

梶野のマインドが、そう囁《ささや》いた。

三週間前乃亜に教えた散歩コースを辿《たど》る梶野。

するとその途中、かつてタクトを拾った公園を横目に通り過ぎようとした時だ。

乃亜は公園のベンチに座っていた。タクトはその足元で大人しく佇《たたず》んでいたが、梶野の姿を確認した途端、立ち上がって小さく吠《ほ》える。

「あ……」

そこで乃亜も気づく。梶野が近づいていくと、気まずそうに目を逸《そ》らした。

「……サボってるの、バレちった」

「あはは、そうだね。決定的瞬間を見ちゃった」

梶野《かじの》は膝《ひざ》を曲げて腰を落とすと、タクトの頭をくしゃくしゃ撫《な》でる。

「こんなことじゃ困るよ。明日からは、ちゃんと散歩してやってね」

「……え？」

「よろしく頼むよ」

梶野は微笑《ほほえ》みながら、タクトの顔をむにーっと引っ張り、乃亜《のあ》の方に向ける。

両者の顔を見つめると、乃亜はグッと口を閉じ、照明をあてられたように目を細める。

沈黙の果てに出た声は、少しだけ震えていた。

「……アタシ、もっと迷惑かけるかもしれませんよ？」

「大人だから大丈夫」

「アタシには、カジさんが喜ぶこと何もできないし」

「唐揚げ作れるじゃん」

「また社員証盗むかも」

「それは勘弁して……」

乃亜は声を出して笑いつつ、指で目をサッと拭《ぬぐ》っていた。

「さ、とっとと散歩行こう。タクトが待ちきれないって顔してるよ」

そう言って立ち上がる梶野だが、乃亜はどうしてかその場で震えて動かない。

そして何やら「どうしよう……」と呟《つぶや》いている。

「カジさんに思いっきり抱きつきたいけど……ここじゃダメですよね」

「どこでもダメだよ」

「でもどうしてもっ、ぎゅーってしたい！」

「……じゃあ、腕だけならいいよ」

梶野は恥ずかしそうに顔を背けつつ、左腕を差し出す。

乃亜は、目を輝かせた。

「ぎゅ――――っ！」

「……満足すか？」

「うひひー、ちょー満足の民！」

「なら、そろそろ離そうか？」

「んー、もうちょっとだけー」

タクトがするように、乃亜は梶野の肩に頭をグリグリ押し付ける。

ふと、いたずらな声色で呟く。

「カジさんはひとつ、勘違いしてるよ」

「え、なに？」

「カジさんがアタシを脅迫してるんじゃなくて、アタシがカジさんを脅迫して、無理やり家に押しかけてるの。そこ勘違いしないよーに」

「はは、そっか。とんでもない子を家に入れちゃったなぁ」

「いひひー」

初夏の風が吹き抜ける公園に、二人と一匹。

さえないアラサー男の腕に、ギャルＪＫが力一杯しがみついている。おすわりする犬は、尻《しっ》尾《ぽ》を振りながら二人を見上げていた。

少し不釣り合いなその男女は、しばらくの間そうしていた。

「くんかくんか」

「嗅《か》がない！」

第二章 乃亜の友達

第七話 香月乃亜はとにかく嗅ぎたい 映画編

「カジさんカジさん、一緒に映画観ない？」

休日、乃亜《のあ》は一枚のＢＤ《ブルーレイディスク》を持って梶野《かじの》家へやってきた。

「お、いいね。どんなの？」

「ゾンビ映画だよ。怖いけど、最後は鬼感動マインドなんだって」

「こ、怖い系か……乃亜ちゃんもまだ観てないの？」

「うん、楽しみにしてたんだー」

了承した梶野は、映画のお供のジュースとお菓子を取りに行った。

そんな彼の背中を見て、乃亜はニヤリと笑う。

この映画鑑賞会には、とある陰謀が隠されていた。

実は乃亜はすでに一度、映画を観ているのだ。どの場面で驚かされるか、どの場面で泣かされるか、頭に入れるために。

目的は、ただひとつ。

「（梶野さんを……いっぱい嗅《か》ぐ！）」

鑑賞中、ビックリするのを装って抱きつけば。涙するのを装ってしなだれかかれば。

——嗅げる。

乃亜の果てなき欲望が、この映画に託されているのだ。

そうとは知らず、梶野は呑気《のんき》にBDをプレイヤーに差し込む。

「楽しみだなぁ、乃亜ちゃんのオススメ」

「アタシも（カジさんを嗅げるの）楽しみですぅ」

二人はソファに並んで座り、鑑賞を始める。

さあ早速、最初の嗅ぎチャンス。

お約束の『振り向いたらゾンビ』というショックシーン。

正直分かりきっている演出だ。ゾンビ映画を見慣れている乃亜は初見時には「まぁそうでしようねー」と小鼻をかきながら観ていた。

だが今だけは、ピュアな女子になりきる。嗅ぐために。

今のアタシはゆめかわ系。ゆめかわ系のアタシはこんな時ビックリして、可愛《かわい》く、ちょっとエロく（ここ大事）カジさんに抱きついちゃうのだ。

さあ来い、ゾンビ来い、ゾンビ来い……っ！

『ヴォオオオォォォォッ！』

来た！

「きゃっ！」

と、ここで思いっきり抱きつく計画だった。だが、予期せぬ問題が発生する。

その時、乃亜《のあ》の目に衝撃の光景が――。

「…………（プルプル）」

ソファで体育座りしながら、両手で目を隠し、小刻みに震える梶野《かじの》。

本当に、本当に、怖かったらしい。

その様子を目に焼き付けたいがあまり、乃亜は尻込みしてしまっていた。

「（可愛《かわい》いけどっ……可愛いけどぉ！）」

怯《おび》える梶野の様子は念のためサイレントカメラで撮影したので良しとしたが、このままでは一向に嗅《か》げない。それではダメだ。嗅げないゾンビ映画なんて何の意味もない。

あっという間にやってきた、次の嗅ぎチャンス。

窓の外からゾンビがバァンッ！　そして成金おじさんグチャグチャ！

映画の中でも極めてグロテスクで、乃亜は初見時「フゥ――待ってましたぁー！」と小躍りしたシーンだ。

しかし今のアタシはゆめかわ系。ゆめかわ系のアタシが小躍りしちゃうのは、森に棲《す》む小鳥さんやウサギさんが周りに集まってきた時だけ。

次こそなりふり構わず、抱きつく！

グチャ、グチャグチャッ！

『ギャアアァァァッ！』

　来た！

「きゃ――っ！」

　計画通り抱きついた……はずだった。

　おかしい。

　カジさんは、こんな野性味あふれる匂《にお》いじゃない。そしてこんなモフモフじゃ……。

「いやタクトやないか――いッ！」

「うわあああああッッ！」

　渾身《こんしん》のツッコミに、梶野はソファから転げ落ちた。

　乃亜が抱きついたのは、確かに梶野。ただ正確には、怖すぎてタクトを抱きしめていた梶野。

　乃亜はタクトへとダイレクトに顔を埋《うず》めていたのだ。

　タクトはというと「大胆ですね……」といった照れ顔をしていた。おまえやない。

「ど、どうしたの乃亜ちゃん、急に叫んで……」

「すみません、ちょっと怖すぎて」

「怖すぎると関西弁でツッコむタイプの人なの……？」

　そんな人はいない。

　その後も乃亜はことごとく失敗し、ついにはラスト嗅ぎチャンス。

最後は驚きによる嗅《か》ぎでなく、感動による嗅ぎだ。

終盤、恋人がゾンビになって殺すか殺さないかであーだこーだする、お涙頂戴《ちょうだい》シーン。乃亜《のあ》は初見時「ゾンビって死臭すごいのに、あんなに顔近づけたら鼻もげるんじゃね」と余計な思考が頭を巡り、瞳はカラッカラに乾いていた。

しかし今のアタシはゆめかわ系。ゆめかわ系は小学生が大縄跳びをしているだけでも泣く。こんなシーン見たら目が飛び出るほど号泣するはずだ。

上品な嗚咽《おえつ》を漏《も》らし、よよよと梶野《かじの》の肩にしなだれかかる。芸術点も問われる嗅ぎだ。

さらにこの嗅ぎチャンス最大の利点は、良い雰囲気《ふんいき》になるところだ。

感動的なシーンに感化された梶野は、瞳の潤《うる》むちゃん乃亜のゆめかわな魅力にやられ、もはや嗅ぐどころでは終わらない事態に……っ！

なんと本日のちゃん乃亜は、神をも恐れぬ勝負下着。エースで四番の超一軍。戦うために生まれてきた戦闘民族。かかってこいよ背徳感。

そんなこんなでいざ、感動のシーンへ。

『早くッ、早く僕を殺すんだ……ヴォ……』

『イヤッ、あなたのいない世界なんて……』

「（絶対死臭ヤバいって、この距離。マジ引くわー）」

思考と相反し、身体はゆめかわモードにギアチェンジ。

「よよよ……」

傾いた乃亜の頭は、無事梶野の肩に着弾。

今後こそ作戦成功である。これで梶野も夜の狼に――。

が、様子がおかしい。何の反応もない。チラリと梶野の顔を見上げると……。

「……スー……スー……」

ね・て・る！

疲れが溜《た》まっていたのか、それとも映画に怯《おび》え疲れたのか。梶野はそれはもうぐっすりと眠りに落ちていた。

こうなれば雰囲気もへったくれもない。

ただ、嗅ぐという一点において言えば、これ以上のチャンスはないのも事実だ。

「カジさーん、嗅ぎますねー（小声）」

「んあ……ん……」

言質《げんち》も取れたところで乃亜が選んだポジショニングは、大胆にも膝枕《ひざまくら》スタイル。

梶野の太ももに顔を埋《うず》め、温かさと柔らかさを感じながら、嗅ぐ。

「はあぁぁあっ」

至福の声を漏らす乃亜に、タクトは「あ、この人ダメだ」といった顔で諦観《ていかん》していた。

ここで調子に乗った乃亜は、禁忌を犯す。

「(このまま体の向きを変えたら……っ!)」

たった一度寝返りを打てば、目の前には梶野《かじの》の股間《こかん》。

「(さすがにそれはまずい……まずいけど……一回だけ試しに……)」

意を決し、乃亜《のあ》は梶野の股間の方へ、向き直す。

しかしその直後……。

「ん……あれ、乃亜ちゃん?」

「ッッ!」

梶野が目を覚ましてしまった。しかもよりによって、股間に顔を向けた状態の時に。

刹那《せつな》、乃亜の頭に優しくない未来がよぎる——。

『二十九歳会社員の股間を嗅《か》いだとして高校一年生の女子を逮捕。少女は「そこに股間があったから」と容疑を認めている。ネットでは少女に対し「変態サラブレッド」「時代が生んだ怪物」「世界よ、これが日本の女子高生だ」などの意見が挙がっている』

冷や汗を流す乃亜の横顔を、梶野はじっと見つめる。そして、一言。

「乃亜ちゃんも寝ちゃったかー。ていうかなんで膝枕《ひざまくら》?」

寝ていると勘違いしたらしい。乃亜は心の中で安堵《あんど》する。

梶野は乃亜の頭を優しく持ち上げると、そっとソファにのせた。

そうして足音が遠ざかっていく。

「(あぁやりすぎた……何を考えてるんだアタシは……)」

正気に戻ったらしく、乃亜は目を閉じたまま自身の不純な行いを反省する。

危うく日本が世界に誇る変態ＪＫになるところだった。悔い改めてしかるべきである。

「風邪ひかないようにね」

すると、ふわっと乃亜の体を何かが包んだ。

寝室にあった毛布だ。梶野はそれを乃亜の身体に被せると、グラスなどを片付けにキッチンへと向かっていった。

「(……ふふ。カジさんの匂《にお》い、いっぱいだ)」

梶野の優しさと匂いに包まれ、幸せそうな乃亜。

寝たフリは、しばらく続いていた。

◇◆◇◆

また別の日のこと。

乃亜がヒマそうに「長いお耳～可愛《かわい》いお耳～」とタクトの垂れ下がる耳を上げたり下げたりしていた時だ。玄関から鍵の開く音が聞こえた。

乃亜とタクトは顔を輝かせ、すぐさま玄関へ。

「おかえんなさーい♪　遅かったっすねカジさん」

「うん、ちょっとね……」

見るからに疲労困憊《こんぱい》の梶野《かじの》。目の下のクマがより一層濃くなっていた。

さらに、梶野の匂《にお》いを嗅《か》がせれば右に出る者はいない乃亜《のあ》は、気づく。

「あれ、お酒入ってます？」

「うん、一杯だけね」

「んじゃ、麦茶持ってくるねー」

梶野はグラスを受け取ると、喉《のど》を鳴らして飲み干した。

すると全身の力が弛緩《しかん》したように、ソファに沈む。

「カジさん、今日は特にお疲れの民だね」

「でかい仕事が、やっと今日終わってね」

梶野らのチームには本日夕方までが締め切りの重要案件があり、特にこの三日間ほど延々と気を張って対応していた。そのプチ打ち上げとして、社内で缶ビールを飲んできたのだ。

「そんなに大変な仕事だったんすか」

「うん。昨日も二時間しか寝られなくてさ」

「えっ、それはダメだよ。早く寝ないと」

「でもちょっとだけ仕事が残ってるから、まずそれを片付けなきゃ」

「ひええ〜、社畜・オン・ザ・プラネット〜っ！　死んじゃいますってカジさん！」

「平気平気。とりあえずご飯食べよ」

食欲もあまりないらしく、コンビニ袋から出てきたのはサラダとサンドウィッチだけ。

心配の眼差《まなざ》しで梶野を見つめながら、乃亜も弁当を食べ始めた。

そんな中、梶野の生気なき瞳が乃亜をじっと見つめる。

「ん、なんすかカジさん」

「んー……乃亜ちゃんって、キレイな二重だなーって思って」

「えっ……ど、どうしたの急に……」

「目が可愛《かわい》いよね、乃亜ちゃんは」

「へえっ？」

いきなりの褒《ほ》め殺しに、乃亜は顔を真っ赤にして固まる。

しかし梶野はというと、何事もなかったようにモソモソ食を進めていた。

「（カジさん、ちょっと変……？）」

怪訝《けげん》な目で梶野を見る乃亜。弁当に意識がゆかず、機械のように箸と口を動かす。

そのせいか、梶野にこんな指摘をされる。

「ん、乃亜ちゃん、ご飯粒ついてる」

「え、あ、マジすか」

乃亜《のあ》が自ら取ろうとするよりも早く、梶野《かじの》が手を伸ばす。唇から一センチも離れていない所に付いていたご飯粒を摘《つま》むと、梶野はなんの躊躇《ちゅうちょ》もなく、パクッと食べた。

「ひゅっ……！」

顔から湯気を噴き出す乃亜。もはや言葉にならなかった。

「（お、おかしいっ！　今日のカジさん、絶対におかしいっ！）」

そう、現在の梶野は普通ではなかった。

極度の疲労と睡眠不足で脳がオーバーヒート。アルコール摂取も重なったことで判断力が大きく低下。もはや自分が今何をしているのかも分からない、半分寝ぼけている状態なのだ。

しかしだからこそ、チャンス。乃亜は密《ひそ》かにほくそ笑む。

「（今のカジさんなら……余裕で嗅《か》げるんじゃね？）」

今日の梶野は、あまりに無防備。むしろ嗅いでくださいと言っているようなものだ。

「（いやむしろ……嗅ぐからハグへの究極コンボも夢じゃない……っ？）」

嗅ぐからのハグ。近すぎる距離で梶野の理性は爆散。さすればかよわい子羊ちゃん乃亜は、美味《おい》しく頂かれます。夜のジンギスカンパーティーの始まりです。

寝ぼけていても、既成事実に変わりなし。それはもう重大な責任問題です。

そうなれば梶野は株式会社『ちゃん乃亜』に永久就職。

ちゃん乃亜はハイパーブラックなので、休日はありません。年中無休でイチャコラします。

キス・ハグ・嗅ぎなど保険も完備。転職は殺します。笑顔が溢《あふ》れる職場です。

妄想が果てなく広がりかけたところで、乃亜は正気に戻る。そうして一手、繰り出した。

「カジさぁん、アタシもなんか最近、目が疲れちゃってぇ」

「え、そうなの？」

「スマホのせいかなぁ、なんかボヤけることが多くてぇ」

乃亜はまず距離を詰めようと、シンプルな仮病作戦に打って出た。

だがいきなり、予想外の事態に。

「どれどれ、見せてみ」

「んにょっっ？」

なんと梶野は、一気に距離を縮めてきた。従来の梶野ではあり得ない大胆行動だ。

鼻と鼻が当たりそうな近さで見つめられ、乃亜は脳を沸騰《ふっとう》させる。

「ちょっと充血してるかな。目の疲れはね、ここをマッサージすると良くなるんだよ」

「へ、へぇぇ……っ！」

梶野はいたって純粋な表情で、乃亜の眉間《みけん》やまぶたの上を軽く揉《も》み込む。

今日までは梶野へ強引に迫り、慌てさせる機会が多かった乃亜。だがここにきて彼から猛烈に迫られた彼女は、息もまともにできないほど狼狽《ろうばい》していた。

乃亜は攻め慣れていても、攻められ慣れてはいない。だがそんな自分が許せないらしい。

「(やられっぱなしは、(株)『ちゃん乃亜《のあ》』の名折れじゃ……っ!)」

架空の企業の誇りを胸に、ちゃん乃亜社長は魂を燃やす。

「カジさんっ、今度はアタシがマッサージしてあげるっす!」

「じゃあ頼もうかなー」

乃亜はラグにうつ伏せになった梶野《かじの》の背中に乗り、肩から腰にかけ親指を押し込む。

「お客さん、こってますねー」

「あー気持ちいい……」

安心しきっている梶野に、今度は乃亜が攻勢に出る。

無防備な梶野の背中に抱きつき、おっぱいピトッ作戦。こんなことをしでかせば、スーパーピュア状態の梶野でもさすがにドギマギするはず。もう嗅《か》ぐなどはどうでもよくなっていた。

これはプライドの問題なのだ。

「(でも……恥ずっ!)」

そもそもヘタレな乃亜であった。

そうして二の足を踏んでいると、またも梶野が無意識の暴挙に出る。

「肩さ、前からも揉《も》んでくれない? なんかこわばってる感じがしてさ」

「前からって……えぇ!」

おもむろに仰向《あおむ》けになる梶野。自動的に乃亜は腹より少し下に尻を乗せて座ることに。

「こ、こここうですか……？」

「あーそう、良い感じ」

乃亜はまるで梶野に正面から襲いかかるような体勢で肩を揉む。

この異常な状況に乃亜は、連想せずにはいられなかった。

「（いやこれ普通に……きじょ、うい……鬼女ういっ！　どうしよう滅されちゃうよ！）」

ついには乃亜の思考もオーバーヒート。燃えるように赤い顔でかましたのは――。

「（滅せるもんなら滅してみろぉぉぉ！）」

意味不明すぎる宣言と、おっぱいピトッである。

胸を密着させ合う二人。乃亜史上、最大級の勇気を振り絞った、その結果。

「……くかー」

「寝っっっ！」

またも大事なところで、梶野は夢の中。それはそれは幸せそうな顔で熟睡していた。

「うー――カジさんのバカバカッ！」

乃亜はそんな梶野の胸をポカポカと叩《たた》く。

「…………くんかくんか」

嗅ぐことも忘れない。ひとまず当初の目的は完遂《かんすい》し、ご満悦の乃亜であった。

第八話　えみりちゃん（姪）は正論マン

梶野《かじの》家のリビングで教科書を広げる乃亜《のあ》は、ひとり「むーんむーん」と呻《うめ》いていた。

「分かんないよー。タクト先生、値域《ちいき》って何ー？」

ワフッ。

「二次関数って人生に必要ですかー？」

ワフッワフッ。

「わふわふっ！　しゃーない、ここもカジさんに教えてもらおーっと」

設問にハートマークをつけ、次の問題に進む。

乃亜が梶野家で勉強をするようになったのは、ここ数日でのことだ。

きっかけはあの日の公園。梶野が改めて乃亜を受け入れたあの時、彼は二つの条件を提示した。それが達成できなければ、再び謹慎を課すとのこと。

一つ、学校にはちゃんと行くこと。

二つ、宿題をちゃんとやること。

勉強嫌いで学校嫌いの乃亜からすれば、ひたすら面倒な課題だ。

だが、自身を受け入れてくれた梶野の望みには、できる限り応えたい。乃亜は泣き言を言いながらも約束を守ろうと奮闘していた。

「（まぁ分かんないところはカジさんが教えてくれるし。ついでにその時に嗅《か》げるし）」

宿題に関しては、そこそこ楽しめている様子だった。

「うーん……なんか腰が痛いなぁ」

背中に拳《こぶし》をグリグリ押し付ける乃亜。ガラステーブルでの勉強は少々腰にくるらしい。

そこで、またも悪知恵が働く。

「そうだ。カジさんの机、借りちゃおー」

梶野がいつも仕事をしている、寝室のデスクのことだ。

乃亜と乃亜にぴったりついてくるタクトはそろって寝室へ。「金魚のフンマインドかよ～」と乃亜は嬉しそうにタクトの全身を撫《な》で回した。

リビングとは違う独特な香りに、乃亜の顔がにやけていく。

「勉強するためー、勉強するためですけどー、その前に……」

ひとりで勝手に言い訳をしたのち、乃亜は思いきりベッドへダイブ。

「カジさんのおやすみ臭が染み込んだベッド～っ！　ぬふふ～っ！」

タクトの「またやってるよ……」といった視線は気にもせず、乃亜はベッドで大はしゃぎ。

スカートが翻《ひるがえ》りパンツが丸見えになっても、気にせず暴れていた。

「タクトー、ここー？」

だが次の瞬間、思いもよらぬ事態が発生する。

リビングの方から聞こえてきたのは、幼い女の子の声。

間髪入れず、扉は開いた。

「え……？」

乃亜《のあ》の目に映ったのは、ランドセルを背負った見知らぬ少女。二つ結びの髪に上品なデザインの制服姿。真面目さが滲《にじ》み出ている端整な顔立ちの美少女だ。

彼女は無言で、驚きよりも蔑《さげす》むような瞳で乃亜を見つめている。

「…………」

少女の目に映っているのは、ベッドでパンツ丸出しフィーバー中のギャルＪＫ。少女はすぐさま踵《きびす》を返し、スマホを取り出した。

「警察、警察……」

「ちょっと待って――――っ！」

乃亜は慌ててその小さな背中を追いかけた。

「誰か知らんけど、鬼ったけ誤解してるって！」

「空き巣ですか？　ストーカーですか？」

「違う違うっ、ほら合鍵！　カジさんにもらったの！」

「……お姉さん、何歳ですか？」

「え、十五歳だけど。高一」

「なら渡した方が犯罪者ですね。なおのこと通報します」

「やめて――――っ！」

かつてないほど荒れている梶野《かじの》家。

初対面の女子同士の攻防を前に、タクトも大はしゃぎ。「楽しいヤツですねっ、僕も参加していいですかっ？」と二人の周りを回り続ける。

そこへ、最重要人物が帰宅してきた。

「どうしたの、大声出して……」

梶野は乃亜《のあ》と交戦中の少女を確認した途端、目を見開いた。

「えみりっ？　何でここにっ？」

えみりと呼ばれた少女は、梶野の前で仁王立《におうだ》ちする。

梶野より三十センチも低い身長ながら、えみりは見下ろすような威圧感で睨《にら》みつける。

「了《りょう》くん、何考えてるのっ？　こんな若い子を部屋に入れて！」

ランドセルを背負った少女は、保護者のような口調で叱《しか》り出した。

「えみり違うんだ、これには事情が……」

「いかなる事情があっても不義は不義！　未成年は条例によって守られているんだよ！」

「あぁすごい！　正論すぎて何も言えない！」

小学生に言い負かされるアラサー男である。

乃亜はというと、いまだに状況がつかめず目を白黒させていた。

「キョーコさんと別れた時から心配だったけど、まさか女子高生と付き合うなんて……」

「いや付き合っているわけじゃない！　それだけは絶対にないから！」

「………」

カッチーンと、乃亜の頭に形容しがたい何かが去来した。

いや付き合ってないですけど。それは事実ですけど。

絶対ないとか言う？　絶対ないことはなくね⁇

ていうか何この置いてきぼり感。何二人で盛り上がってるのよ。

あとキョーコって誰よ。マジ、誰なのよ、キョーコって。

「カジさぁん。ちょっと状況が読めないんでぇ、まず説明してもらって良いすかぁ？」

乃亜は笑顔だ。怒気に包まれた、地獄のような笑顔だ。

その様子には梶野だけでなく、えみりやタクトも身震いしていた。

「こ、この子は小六の姪《めい》、梶野えみり。前はよくタクトの世話をしに来てくれてたんだ」

おずおずと頭を下げるえみりに、乃亜は「よろしくぅ」とおどろおどろしい声色で応える。

「とりあえず聞きたいことといっぱいあるしぃ、リビング行こっか～？」

「……その前に、ひとついい？」

乃亜《のあ》の異変に怯《おび》えつつ、梶野《かじの》は尋ねる。

実は帰宅したその時から、どうしても腑《ふ》に落ちないことがあった。

「乃亜ちゃんは僕のベッドで……何をやっていたのかな？」

明らかに乱れている布団やシーツ。

そこに散らばる教科書やノート、そしてスクールカーディガン。

「……うへへ」

動かぬ証拠を前に、乃亜の怒気はみるみるしぼんでいくのだった。


えみり襲来ショックが尾を引く中、三人と一匹はリビングに集まる。

いの一番に、梶野がえみりへ尋ねた。

「急に来て、どうしたんだ？」

「ずっとタクトが心配だったんだよ。了《りょう》くん忙しいから、お世話できてないだろうと思って。だから久々に、塾の帰りに寄ってみたの」

「でも、もう七時だよ。帰らなきゃいけない時間でしょ」

「お母さんには連絡した。帰りはお父さんが迎えに来てくれるって」

「そ、そっか。でも今年は受験でしょ。あまり気を遣わなくても……」

「はいこれ」

えみりが渡したのは、模試の結果だ。

燦然《さんぜん》と輝くA判定の文字に、梶野はパッと表情を晴れさせる。

「わっ、すごいじゃん。偉い偉い」

「えーヤバい。話し方からして違うと思ったけど、えみりちゃん頭良いんすね」

「えみりは昔から賢かったからなぁ。今度ご褒美《ほうび》にケーキ買ってあげるよ」

「アタシもケーキ食べたい！　この前一緒に食べたヤツ！」

「あれ美味《おい》しかったよね。じゃあまた買ってくるよ」

「やっぴーっ！　カジさん大好きーっ！」

瞬《またた》く間に弾む梶野と乃亜の会話。しかしえみりはジト目だ。

二人はすかさず、口を真一文字に閉じた。

「……だから今日くらい、タクトと遊んでもいいでしょ。ね、タクト？」

えみりの呼びかけに、タクトはウキウキした様子で顔を舐《な》める。

乃亜が梶野家に来るようになる前は、しょっちゅう遊びに来ていたからだろう。えみりとタクトの関係は良好だった。

「まぁ、やることちゃんとやってるなら良いか」

「アタシも宿題やってましたよ。偉いですよねカジさん？」

「うん、偉い偉い。分からないところはなかった？」

「それがなんと三問もありました。カジさんも教え甲斐《がい》がありますね」

「自分で言わないの。教えても良いけど、嗅《か》がないようにね？」

「…………」

「返事は？」

「…………」

えみりが咳払《せきばら》いすると、二人は再びハッとして会話を断ち切った。

いよいよもって、えみりが問いただす。

「それで、二人はどういう関係なの」

梶野《かじの》は乃亜《のあ》との交流のきっかけについて、大まかに説明した。小六には刺激が強すぎる『パパ活』というワードは避けながら。

「……じゃあ結局、了《りょう》くんひとりじゃタクトのお世話はできなかったってことじゃん」

「それは……返す言葉もない。一応頑張ってたんだけど」

「だから拾った時に言ったのに。ちゃんと責任持って飼えるのって」

この姪《めい》っ子、お母さんじゃね？　乃亜はしみじみと思った。

「また私が来ようか？　了くんち、ウチと塾の間にあるから寄りやすいし」

「いやそれは……」

「それは大丈夫マインドですよねカジさん！　マジ鬼ったけご遠慮の民ですよね！」

「乃亜さんは何語を喋《しゃべ》ってるの？」

「え、これ流行《はや》りのギャル語じゃないの？」

「いや、ひとつも聞いたことない」

「乃亜語だったのか……」

乃亜が必死に突っぱねる理由は明白。梶野との二人きり空間を守るためだ。

「（このＪＳめ……アタシとカジさんの間に割って入ろうったって、そうはいかんぞ……親戚だからって了くん呼びなんて、羨《うらや》ましい……）」

小六相手に好戦的になる乃亜である。

ただその様子を見たえみりは、納得するように目を細める。

「……さっきも言ったけどさ、女子高生を家に入れて大丈夫なの？」

「それはほら、お隣さんともちゃんと交流しておかないとさ。大きな災害があった時とか、助け合えないでしょ？」

「うっわカジさん鬼良いこと言った。それ大事な、ほんそれ大事な」

「にしても、毎日来るのは過剰《かじょう》じゃない？」

うぐ……と梶野と乃亜は押し黙る。

「でもほら、勉強を見ていたりもするし」

「それだ！　カジさんに言われてからアタシ、学校もちゃんと行ってるし宿題もやってる！」

「どっちも当たり前のことじゃない？」

「ぐうう……でもカジさんに料理作ってあげて、役に立ってるしぃ……」

「何を作ってるの？」

「か、唐揚げですけど……」

「他には？」

「唐揚げオンリーですけど……」

「食べたいものだけ作っていたらダメだよ。ちゃんと栄養も考えないと」

「……ぐす」

正論アンド正論。小六のまっすぐな意見に完全ノックアウトの乃亜《のあ》は、流れるようにタクトの背中に顔を埋《うず》めると、モフモフし始めた。

「タクトォ……アタシってダメ人間なんすかー……教えてタクトォ……」

むせび泣く乃亜に、タクトは「知らんけど」といった顔をしていた。

そんな乃亜の姿に、えみりは意味ありげな視線を送る。すると梶野《かじの》に顔を向けて一言。

「了《りょう》くん、喉《のど》渇いたよ」

「あぁ、じゃあ麦茶持ってくるよ」

キッチンに消えていく梶野の背中を見送ると、えみりはそそそと乃亜に近寄る。

「乃亜さんは、私がここに来るのイヤなの？」

ストレートな問いにギョッとする乃亜。たじろぎながらも答える。

「い、いや……だって姪《めい》っ子ちゃんでしょ？　他人の私がそんな失礼なこと……」

「じゃあ私が親戚じゃなくて、了くんの元カノだったらどう思う？」

「つ、通報する……」

「いや年は関係なく」

つまり、梶野の元カノが突然現れ、今後も頻繁《ひんぱん》に来るような匂《にお》いを醸《かも》し出していたら……。

「……むぅー」

想像した途端、乃亜の目じりは吊《つ》り上がり、頰《ほお》はパンパンに膨《ふく》らんでいく。

そんな乃亜を見て、えみりはくすくす笑いながら一言。

「乃亜ちゃんって、可愛《かわい》いね」

「へ、へぇえっ？」

顔を真っ赤にする乃亜を見て、えみりは声を出して笑っていた。

そこへ梶野が麦茶の入ったグラスを持って戻ってくる。

「どうしたの、二人して変な顔して」

「いやーなんでもないよー」

えみりはニヤニヤしながら、適当にあしらった。

そこでふと、「そういえば……」と、梶野が思い出したように言う。

「乃亜《のあ》ちゃん、そろそろ定期試験だよね」

「ぎくっ……」

「一応言っておくけど、一教科でも赤点とったら謹慎だからね」

「うええええぇ！　そんな殺生《せっしょう》やでぇ！」

「殺生でも何でもないよ。学生の本分です」

突然の梶野《かじの》からの勧告に、乃亜は崩れ落ちる。入学して二か月以上が経《た》ったが、乃亜は最近やっと宿題に取り組むようになった程度。そんな彼女にとっては、そこそこ高いハードルだ。

だが突如《とつじょ》として、えみりが乃亜を擁護《ようご》する。

「ダメだよ了《りょう》くん！」

「え？」

「勉強が嫌いな人にネガティブな罰ばかり課すのは、教育上良くないんだよ？」

「えみり、ちゃん……？」

えみりを見つめる乃亜の瞳に、光が差す。

「勉強の習慣がない人が一人きりでやるのって、すごく大変なんだよ。分かってあげなよ」

「えみりちゃん……ッ！」

「だから乃亜ちゃん、今度一緒に勉強しようね。私は教えられないけど、一緒に頑張ろ？」

「えみりさん……ッ！」

もうひとつダメ押し。えみりは乃亜に耳打ちする。

「二人のお邪魔《じゃま》するほどは来ないし、来たら手助けするからさ」

「えみり先生――――っ！」

乃亜とえみりはガシッと抱き合う。

高一と小六の間に、美しい友情が誕生した瞬間だ。

「でも、えみりにはえみりの時間があるでしょ。大丈夫なの？」

「勉強とかは大丈夫だって。ちょうどいい息抜きにもなるし。それに了くん的にも、私がいた方が良いと思うけど？」

「どういうこと？」

「私と乃亜ちゃんは友達で、乃亜ちゃんは私に会いに来てるってことにすれば、女子高生が家にいるこの状況でも多少、世間体《せけんてい》は良くなるでしょ」

「え、えみり先生……っ！」

ついには梶野までも感銘を受け、姪《めい》っ子と固く握手を交わす。

こうして三人の間に、奇妙な一体感が生まれた。

傍《はた》から眺めるタクトは「仲良くなれて良かったねぇ」といった呑気《のんき》な顔であくびしていた。

第九話　えみりちゃん（小六）は元カノ

休日、乃亜《のあ》が梶野《かじの》家を訪れると、先客がタクトと戯《たわむ》れていた。

「えみり先生おはよー、タクトもおはよー」

「おはよーって乃亜ちゃん、もう一時だよ」

「昨日、夜更かししちゃって。一時間前に起きたばかりだから、まだおはよーマインドっす」

「うへへ」と笑う乃亜に、えみりは「もー」と頬《ほお》を膨《ふく》らます。

「カジさんは？」

「大学時代の友達とランチだって」

「あぁ、そういや昨日そんなこと言ってたわ」

二人はガラステーブルにつくと、それぞれ教科書やら問題集を並べ始める。タクトはそんな様子を珍しそうに眺めていた。

「じゃあ乃亜ちゃん、がんばろ」

「うっす。ちゃん乃亜、かし子モード発動！」

「かし子？」

「賢い子、略してかし子」

あまり賢くなさそうなネーミングの仕様に切り替わり、乃亜からやる気がみなぎる。

期末試験を控えた乃亜と、中学受験に向けコツコツ励んでいるえみり。二人はこの梶野家に集まると、並んで勉強するようになっていた。

傍《はた》から見れば、非常に好ましい光景である。

だが、常に真面目にやっているかというと、まるでそんなことはなかった。

「……乃亜ちゃん、なにスマホ見てるの。まだ十分しか経《た》ってないけど」

「いやちょっち待ち。今日まだログインボーナスもらってなかった」

「あとでも良いでしょ」

「いや、思い出した時にログインしないと忘れちゃうんだって」

「ログイン忘れるようなゲームならやめれば良いじゃん」

正論である。しかし分かっていながらも、指は止めない乃亜であった。

スマホを置くと、乃亜は再び教科書に目を向けた。真剣な表情で問題を解き始める。

が、えみりが目を離したその隙《すき》に、またもスマホを眺めていた。

「うなぎ食べたいズのゴキゲン三郎《さぶろう》が離婚だって。誰だろうね」

「知らないよ。なんでそんなどうでもいいネットニュース見てるの」

「いやトップニュースをチェックしないと、一日が始まった気しないじゃん」

「全然そんなことないけど」

再度、乃亜《のあ》はスマホを置いた。

だがえみりは、一旦勉強する手を止める。

「(もう、スマホを取る前に止めよう)」

乃亜をじっと見つめるえみり。その目はさながら万引きGメンである。

だが、えみりがまばたきをした、その一瞬だった。

乃亜はシャーペンからスマホに持ち替えていた。

「手品か!」

「なんか急にアルバムを整理したいマインドになっちゃって。なんだろうね、この時間」

勉強の習慣がない人の典型的な悪癖を余すところなく披露《ひろう》。ちゃん乃亜かし子モードの脆《ぜい》弱《じゃく》さを目の当《ま》たり《あ》にして、えみりは唖然《あぜん》としていた。

だが、ここで諦《あきら》めるえみりではない。

「(……この手は使いたくなかったけど)」

カシャッ。突然のシャッター音に乃亜は顔を上げる。

「写真撮るなら言ってよ、えみり先生～。二秒で顔作るからさぁ」

「いや、今のがベストショット」

「え?」

その写真に写っていたのは、乃亜が教科書に肘《ひじ》をついてスマホに夢中な姿。

「これ、了《りょう》くんに送るから」

「え、ちょ、ちょっと待って！」

「乃亜ちゃんが全然勉強しません、と」

「ぎゃ――やめて――っ！」

「あと、また了くんのベッドで変なことしてるよ、と」

「それはウソじゃん！　まだやってないし！」

「まだ……？」

　ボタンひとつで写真が発射される、そんな状態の画面を見せながらえみりは告げる。

「またスマホに触ったら、これ送るからね」

「ひどいよ！　この前はカジさんとの仲を取り持ってくれるって言ったのに！」

「赤点を取るような人は、了くんの彼女にはふさわしくありません」

「うへぇぇぇん！」

　涙目で情けない声を上げる乃亜。しかし不意に、その胸に暗がりが広がる。

　了くんの彼女。この言葉から、ある名前が頭をよぎった。

「……えみり先生、聞いてもいい？」

「なに？」

「前にさ、キョーコって人の話したよね。それって……カジさんの元カノ？」

えみりは「あぁ……」とほんのり後悔するようなため息をつく。

そしてどこか申し訳なさそうに頷《うなず》いた。

「うん。了《りょう》くんとここで同棲《どうせい》してた彼女さん。一年くらい前に別れたけど」

「同棲……ここで……」

乃亜《のあ》は部屋を見渡す。

梶野《かじの》の服の趣味とは異なる色合いの家具。寝室には男一人にしては大きなベッド。

キョーコさんと、使っていたのかな。

「どんな人だった？」

「どんな人って、うーん……」

「キレイだった？」

「……うん。カッコ良い感じ」

「何回か会ったことあるの？」

「おととし、一回だけ。勉強を教えてもらった」

「勉強……分かりやすかった？」

「うん。話してるだけで、頭良い人だろうなって分かった」

「……そっか」

乃亜はスマホをソファにポイッと放ると、シャーペンを握る。

「がんばるマインド」

「うん、がんばろ」

それからしばらくの間、会話は無かった。その静けさは、タクトも眠ってしまうほど。

リビングにはペンがノートを走る音だけが響いていた。


「ただいまー」

四時ごろ、梶野が帰宅する。

それまで問題集と格闘していた乃亜だったが、玄関の鍵が開く音が響いた瞬間、タクトと共に駆け出していた。

「カジさんっ、おかえんなさーい♪」

「ただいま。ケーキ買ってきたよ」

「うひょー、ちょうど甘いもの食べたかったの民〜！」

興奮する乃亜に、梶野はイジワルな顔をする。

「ちゃんと勉強していた子にしかあげませんよー」

「したよっ、アタシがんばったし！」

「本当かなー？」

「本当だよ、了くん」

リビングから顔を出すえみりは、あどけなく笑う。

「乃亜《のあ》ちゃん、途中から頑張ってたよ」

「お、えみりが言うなら本当だな」

「えみり先生、ナイスフォロー！」

乃亜は梶野《かじの》からケーキの箱を受け取ると、ご機嫌に小躍り。

「アタシお茶淹《い》れてくるねー。カジさんはコーヒーだよね。えみり先生は？」

「ミルクティーよろしく」

乃亜は「うけたまわり～」と応えると、キッチンへスキップで向かっていった。

「えみりも、乃亜ちゃんのお守りお疲れさま」

「お守りって、ひどいね」

「だって乃亜ちゃん、えみりより集中できてなかったでしょ、たぶん」

ご明察。それでもえみりは「さぁねぇ」とごまかすのだった。

「僕がいない間、乃亜ちゃん変なことしてなかった？」

「大丈夫。まだベッドには行ってないよ」

「まだ……？」

◇◆◇◆

えみりの塾→梶野家ルートも、もはや日常と化していた。

勉強が一段落したところで、えみりが乃亜に尋ねる。

「乃亜ちゃんは、了《りょう》くんのどこが好きなの？」

唐突な恋バナスタートに、乃亜は頰《ほお》に手を当ててわざとらしくモジモジする。

「え〜そんな急にさぁ〜」

「いいじゃん教えてよ。ウチのお父さん厳しくてさ、漫画とか映画とか、恋愛モノは一切見させてもらえないんだ。だからせめて生の声を聞かせてよ」

そこまで言われると断りにくい。乃亜は身悶《みもだ》えしながら答えていく。

「好きなところねぇ。うーん例えば……」

「うんうん」

「服のセンスは良いのに、靴下だけダサいところとか」

「好きなところだよね？」

「土下座が意外とキレイなところとか」

「なんで了くんの土下座、見たことあるの？」

なははー、と笑う乃亜。つい照れ臭くて、妙な答えばかりが口から出ていた。

「もー冗談ばっかり言ってー」

「アタシはバカだから、うまく言葉にできないんだよねぇ」

その後も乃亜《のあ》は、のらりくらりとかわしていく。

ついにはえみりも「むーっ！」と頰《ほお》を膨《ふく》らませた。

「じゃあ、告白しようとか思わないの？」

この直球な質問には、乃亜もつい苦笑を見せる。

「告白なんてできないよ。だって今の関係でもギリギリでしょ、世間様から見たら」

「うーん、まぁ……」

乃亜の声色から、どこか大人な雰囲気《ふんいき》が漂い始める。

「カジさんはそこ気にしてるからさ、いますぐ告白したら、たぶんフラれる。そしたら恋人どころか今の幸せまでなくなっちゃうでしょ。だからいまは、我慢の子なの」

「……そっか」

「でもだからこそ、いつかカジさんに選んでもらえるようにね、めちゃくちゃ誘惑してるの。カジさんに悪い虫が付いたら、全力で潰《つぶ》すしね」

冗談めかしてるが、目は本気だった。

えみりは身震いし、思わず自分の体を抱きしめる。

「こわーい。乃亜ちゃん意外と打算的だね」

「うふふふふ」

するとえみりは頬杖《ほおづえ》をつきながら、何やら遠い目で呟《つぶや》いた。

「でも良かったー。乃亜ちゃんともっと早く出会っていたら私、潰されてたかも」

「そうね、ちゃん乃亜プレスで圧縮して……」

ん？　聞き間違いかな？

「でも分かるよ。了《りょう》くんって私の時も変に気を遣ってたもん」

んん～～？　今のどういう意味だ～～？

「……えみり先生、それどういうこと？」

「うんとね、なんて言うか……私って了くんの、元カノみたいなもんだからさ」

んんん～～～～～？

耳がハジけ飛ぶほどの爆弾発言に、乃亜は白昼夢を見ているのかと錯覚する。

えみり先生がカジさんの元カノ？

歳の差以前に、姪《めい》と叔父《おじ》だよね？　ゴリゴリに血繋《つな》がってるよね？

いや逮捕でしょ、カジさん。秒速でムショ行きでしょ。

ならカジさんの恋人は、親戚のＪＳからお隣のＪＫ（予定）にジャンプアップってわけだ。

目覚ましい成長だね。伸び盛りだね倫理観。

「（……いや、これもしかして……えみり先生なりのボケなのか？　あ、そうだなきっと）」

自分なりの解釈に行き着き、乃亜は一安心。

そうしてふわっとツッコんでみた。

「なんでやねーん」

「え、何が?」

あ、ヤバい。マジだこれ。

すごい真顔で聞き返された。怖っ。ボケかと思ったらマジだった時の顔、怖っ。

あくまで平静を保ちながら問いかける。

「元カノって、えみり先生の、荒巻ジャケ、何がなの?」

「そっちが何がなの?」

動揺が限界突破し、乃亜《のあ》は自分が何を言ってるのか分からなくなっていた。

えみりはそんな乃亜の様子を察したのか、丁寧に説明する。

「去年、了《りょう》くんはキョーコちゃんと別れた直後にタクトを拾ったらしくて、その時私にこう言ったんだ。タクトを見に来れば、って」

「ふむふむ」

「それってつまり、寂しいから私に会いたいってことでしょ?」

「んん……んん?」

えみりは赤く染まった頬《ほお》に両手を当て、いじらしく体を揺らす。

「仕方ないからたまに来てあげたの。犬も好きだし別に良いかなって思って。でもヘコんでる了くんがなんか可愛《かわい》くてさ。最初は週一で来るか来ないかだったのが、いつの間にか週三で来るようになっちゃって。いわゆる半同棲《はんどうせい》ってヤツ?」

「んんんーっ?」

「でも、言っても私たち親戚同士だからさ……了くんもダメって気づいたんだろうね。今年の三月に、私が受験だからって優しい理由を作って、距離を取ったってわけ。優しいけど不器用だよね、了くんって」

「んんん―――っ??」

ふぅ、と何やら妖艶《ようえん》なため息を漏《も》らすと、えみりは麦茶をチビッと飲んだ。

ぼんやりと、乃亜は理解した。

梶野《かじの》とえみりは、どこまでも普通の叔父《おじ》&姪《めい》である。

ただ妄想力に富んだえみりにだけ見えていた世界では、何かしら発展していたようだ。

「まあでも、あくまで元カノみ・た・い・な・も・の・だから、気にしないでね」

「……ちなみに二人でどういうことしたの?」

「え~聞いちゃう? 乃亜ちゃんって意外と好きな人の過去とか気になっちゃうタイプ?」

えみりは口元を緩ませながら朗々と語る。

「ごめんね、一緒に水族館は行っちゃった。その後カフェでパンケーキとかも……でも夜には帰ってきたから! ほんとだよ?」

「……そっかぁ。手とか繋《つな》いだ？」

「あ～繋いだと言えば繋いだかな～。だって繁華街とかで人が多くなると、了《りよう》くんがいきなり繋いでくるんだもん……けっこう大胆なところもあるよね？」

「そうだねー、人混みは危ないもんねー」

乃亜《のあ》は、微笑《ほほえ》ましそうに目を細める。

そして会ったこともないえみりの父親へ、心の中でメッセージを送るのだった。

お父さーん、ちゃんと恋愛モノ見せておいた方がいいですよー。

お宅の娘さん、恋愛観バグっちゃってますよー。

◇◆◇◆

七月に入ってすぐに行われた期末試験。乃亜は日頃の努力とえみりの監視の甲斐《かい》あり、なんと全教科赤点回避という偉業を成し遂げたのであった。

「偉業ではないでしょ」

「数学三十一点じゃん。ギリギリだったよ乃亜ちゃん」

「素直に褒《ほ》めればいいじゃーん！　ヘイメーン、フゥ――――ッ！」

冷静な梶野《かじの》とえみりとは裏腹に、乃亜は各教科の答案用紙（平均三十九点）をばら撒《ま》き大はしゃぎ。タクトもつられて走り回り、一人と一匹だけお祭り騒ぎであった。

「そういえばえみり、えいとくんは元気？」

ふと梶野が尋ねると、えみりが答えるより先に乃亜が質問する。

「えいとくんって誰？」

「私の弟だよ。三歳の」

「えー弟いるんだっ、羨《うらや》ましいっ！」

ひとりっ子の乃亜は羨望《せんぼう》の眼差《まなざ》しを向けるが、えみりは苦笑で返した。

「大変だよ、三歳くらいの子って。すぐ泣くし、何でもイヤって言うし」

育児のお手伝いもしているのだろう。えみりはどこか疲れた表情でそう語った。

「いやいやえみり先生だって、三歳くらいの時はそんな感じだったんでしょー？」

「いや、えみりは小さい頃も良い子だったよ。大人しくて、素直で」

「えみり先生は三歳の時からえみり先生だったのか……」

自分の話になり恥ずかしくなったのか、えみりは「麦茶もってくるね」と言ってキッチンへ向かっていった。その背中を、梶野がじっと見つめる。

「えみりは……なんでまたウチに来るようになったのかなぁ」

初めは乃亜の試験勉強を監視するために来ていたえみり。

だが試験が終わってからも、休日も含め週三の塾の日にはほぼ毎回梶野家に来ていた。主に勉強をしながら、宿題に悪戦苦闘する乃亜《のあ》を励ましている。

「そりゃ、タクトとアタシのお世話のためじゃないですか?」

「まぁ、それもあるだろうけど」

「あれ、今のボケなんすけど。アタシのお世話は必要なくね、ってツッコミ待ちマインドなんすけど。カジさ――ん?」

梶野《かじの》は少し考え込んだのち、顔を上げる。

「乃亜ちゃん、ひとつお願いがあるんだけど……」

乃亜はキョトンとしたのち、返答。

「嗅《か》がせてくれるなら良いですよ」

「……くっ……」

梶野は泣く泣くサマーカーディガンを脱ぎ、手渡した。


終業後に梶野が塾に着いたのは、六時半ごろ。

えみりはオープンスペースにて友達と勉強していた。

「えみりちゃん、最後の問題どうやって解いたの?」

「この問題はね、ここに線を引くと分かりやすいよ。図形の問題は手を動かして、自分でいろいろ描いてみた方が良いよ」

「なるほどー、さすがえみりちゃん！」

そこで、えみりが梶野を見つける。

友達たちに別れを告げると、すぐ姪《めい》っ子（元カノ）の顔になる。

「了《りょう》くん、お腹すいたよ」

「ごめんごめん、何食べたい？」

えみりの希望により、二人は回転寿司店に入店する。

テーブル席につくと、えみりはすぐに注文パネルの操作を始めた。

「それで、なんで今日は外食なの。乃亜ちゃんは？」

「用事があるんだって。だから久々に二人で美味《おい》しいもの食べたくて」

「ふーん。いいけど、タクトのごはんは？」

「乃亜ちゃんがあげてくれてるから大丈夫」

「用事があるんじゃないの？」

「あ、いや……この後にあるみたいだよ」

ルーティンが決まっているのか、えみりは白身魚から光り物、貝類、海老、赤身と迷いなく選ぶ。二人の関係性を示すように、遠慮なく食べ進めていた。

「えみり、さっき友達から頼られてたな。そういや今、学級委員長やってるもんな」

「委員長は毎年だよ。小学校六年間ずっと。そういうキャラになっちゃったって感じ」

「すご……」

自分と血が繋《つな》がってるとは思えない才女ぶりに、梶野《かじの》は長いため息をつく。

だがそんなえみりだからこそ、梶野にはひとつ気がかりがあった。

「そんなに頑張ってて、疲れるだろ」

「もう慣れたよ。六年もやってたら」

「委員長だけじゃなくてさ。今は受験生で、お姉ちゃんだろ?」

「……ん」

「あ、あと先生もか」

「それは乃亜《のあ》ちゃんが勝手に言ってるだけ」

えみりは小学生とは思えない美しい箸の使い方で、ネギトロ軍艦を口に運ぶ。

あおさの味噌汁《みそしる》で口を潤すと、なんでもないように言った。

「しょうがないじゃん。そういう巡り合わせなんだよ」

「……かもね」

「別に嫌ではないしね、委員長も受験生も。えいとだって可愛《かわい》いよ」

ひときわ小六とは思えない発言。

その順応性の高さに見え隠れするのは、諦《あきら》めに似た感情か。

「昔から聞き分け良かったもんな、えみりは。怒られてるところなんて見たこと……」

ふと、梶野は思い出した。

たった一度だけ見た、えみりが母親に叱《しか》られる光景。

えみりが三歳くらいの頃。連れ立って地元のショッピングセンターに行った時だ。えみりはペットショップの前で大泣きしていた。

「犬を飼いたい」と、叫びながら。

後にも先にも、えみりがワガママを言っているのを見たのは、その時だけだ。

「……えみり、あのさ」

「なに?」

「夏休みも、たまにでいいから来てくれよな。塾の日にでもさ」

えみりの眉がピクッと動く。

「別に良いけど、なんで?」

「えみりが来ると、タクトが喜ぶんだよ。乃亜ちゃんといる時とはまた違う気がする」

「えっ、ほんとにっ?」

寿司もプリンも表情を変えずに食べていたえみりだが、そこでとびきりの笑顔を見せた。

それは珍しく年相応な、小六女子らしい顔だった。

「アタシも回転寿司、行きたかったなぁ……」

電話の向こうから、乃亜《のあ》の無念そうな声が聞こえる。

「ごめんね、ウソに付き合わせちゃって」

「いえいえ。アタシに頼み込んでまで、えみり先生と二人きりになりたかったんすよね?」

「うん。ちょっと気になってたことがあってね」

「それで、話したいことは話せたんすか?」

梶野《かじの》は自信を持って肯定する。

えみりの心情は、おおよそ予想通りだった。

「学校では委員長、家ではお姉ちゃん。その肩書きから解放されるウチでのタクトとの時間は、えみりにとってけっこう大事だったんだと思うんだ」

「あー、なるほど」

「前は悪いことしたよ。受験生だからって理由でタクトのお世話を断っちゃってさ」

「だから久々に来た時、ずばーんっとA判定の模試結果を突きつけたわけっすね。もう何も言わせねえ、タクトと遊ばせろって」

「そういうことだね、たぶん」

そこまで理解すると、乃亜は自らの言葉を噛《か》みしめるように、ひとつ決意する。

「……アタシも、がんばるマインドだ」

数日後、いつものようにえみりは塾から梶野家へやってくる。

だが乃亜の顔色を見た途端、えみりはギョッとした。

「どうしたの……なんか疲れてない？」

乃亜は何やら大仕事を終えたような面持《おもも》ちだった。かすれた声で、告げる。

「もうやったよ……今日の宿題」

「え？」

掲げて見せたノートには、びっしりと数式や英文が書かれている。乃亜は慣れない一人での勉強を必死にこなしていたのだ。その代償として、頭から湯気を出していた。

「だから、今日は遊ぼ。えみり先生」

「……乃亜ちゃん、了《りょう》くんから何か言われた？」

「い、いや何も？　カジさんなんて知らないけどー？」

乃亜の下手なごまかし方に、えみりはつい吹き出してしまう。そして満面の笑みで応えた。

「いいよ。遊ぼ」

それから一時間ほど経《た》った頃だ。梶野が帰宅してきた。

リビングから聞こえるのは、ゲームに興じている小六と高一の、華やかで甲高い声だ。

第十話　透けブラ事変

「あのさ了《りょう》くん。乃亜《のあ》ちゃんって、学校に友達いないっぽいのかな？」

乃亜が帰宅した後、皿洗いの手伝いをするえみりは不意にこんなことを聞いてきた。

「あー……うん。前にそう聞いたよ」

「だとしたらさ、了くんが出した『条件』が、ちょっと気になるかなーって」

乃亜に出した梶野《かじの》家に通うための条件。

一つ、学校にはちゃんと行くこと。

二つ、宿題をちゃんとやること。

えみりは、一つ目の項目が気になるようだ。

「友達いないのに学校行かされるのって、けっこうしんどいと思うんだよね……」

「……あ」

目から鱗《うろこ》だった。食器を洗う梶野の手は停止、出しっぱなしになる水をえみりが止める。

この条件は、乃亜が堂々と学校をサボる姿を良くないものだと思ったがゆえに提示した。

しかしサボるのにも理由がある。こんな当たり前のことにも頭がいかないとは。

「もちろん学校にちゃんと行くっていうのは正しいことだけどさ……場合によっては、正し

・・・くなさも必要なのかなー、なんて」
「えみり先生……」

「それやめてって」

えみりは大人びた微笑《ほほえ》みを浮かべながら、梶野の背中をちょんとつつく。

「了くんは昔から、ちょっと頑固なところあるゾっ」

「えみりは良く見てるなぁ。良いお嫁さんになるぞ、きっと」

「もー、そんなこと他の人に言ったら、勘違いされちゃうゾっ」

そこはかとなく漂う元カノ感。だが梶野は「最近の小学生はませてるなぁ」と呑気《のんき》に思う、ただただそれだけであった。

◇◆◇◆

翌日、梶野は帰路の途中で乃亜とタクトとバッタリ遭遇。

その流れで、梶野も散歩についていくことにした。

「今日は暑いね」

「だって七月ですもん。もう夏なのですよ、日本は」

「でも久々に晴れてくれたおかげで、タクトも嬉しそうだ」

梅雨ということもあり、ここ数日は散歩に行けていなかった。数日ぶりに土手を闊歩《かっぽ》するタクトは「うひょーっ」と見るからにはしゃいでいた。

「試験も終わったからねー。もうすぐ夏休みーっ、いえーいポンポーンッ！」

「そうだねぇ。乃亜《のあ》ちゃんはよく頑張ってたよ」

乃亜は試験期間中、タクトに怯《おび》えられるほどの唸《うな》りを上げながら、真剣に勉強に取り組んでいた。その姿を梶野《かじの》はしっかりと見ていたのだ。

そこで、乃亜の瞳が小ずるく光る。

「でもなー、試験の後にカジさんがご褒美《ほうび》くれるだろうと信じて、頑張ったんだけどにゃー」

「えっ、いやそんなこと言ってない……」

「頑張ったんだけどにゃあああああッ！」

圧がすごい。

「ご、ご褒美ってどんなの？」

「んー、どっか遊びに連れて行ってもらいたいなー」

「えぇ……」

頑張りは認めたいが、いくらなんでも女子高生と二人で遊びに行くのはどうなのか。

「（でも、家に入れてることの方が問題な気がするし、今更遊びに行くくらい……いやいや、そうやって徐々に倫理のハードルを下げていくのはマズい気が……）」

悶々《もんもん》と考えている、その時だった。

瞳に突如《とつじょ》として飛び込んできた『薄い水色』に、梶野はギョッとする。

「(乃亜ちゃん、ブラ透けてるよ……っ!)」

暑さで汗ばんだせいか、乃亜の白いブラウスが透け、水色のブラがうっすら見えていた。

難題に囚《とら》われていた梶野の思考は、怒濤《どとう》の勢いでそちらへ傾いていく。

「(教えた方が良いのか……いや、それはセクハラか……?)」

現代社会を生きる男にとっての超難問を前に、梶野は先ほどよりも深く苦悩する。

「……ども」

「あ、ども」

ふと、乃亜が見知らぬ女性とすれ違いざま、挨拶《あいさつ》を交わす。

梶野は意識がブラに向いていたせいで、一瞬しかその人物の容姿を確認できなかった。

「今の、散歩友達?」

乃亜は何でもないように答えた。

「いや、クラスの」

「へークラスの……ってクラスメイトっ?」

振り返って見ると、彼女の制服スカートは確かに乃亜のと同じ柄だ。

今はもう背中しか見えないが、ショートカットでスラリとした体形の女子ということは分かる。身長は、女の子にしてはかなり高い。

「クラスメイトと偶然会ったにしては、反応薄すぎない……?」

「だって話したことないし」

そっけなく、どこか冷たい乃亜《のあ》の口調。

彼女に家族や学校の話を振った時、大抵こんな態度になる。

「でもいま、向こうから挨拶《あいさつ》してきたよね。仲良くなれるかもよ。ここを歩いてるなら家が近いのかもしれないし」

「えーいいよ別に。子供に興味なーい」

同い年の子を子供と呼ぶ乃亜。

学校に友達がいない彼女をえみりは心配していた。しかしそもそもの話、乃亜自身に友達を作ろうとする気がないのだ。

一体何が、彼女をそうさせるのか。重く、大切なテーマだ。

だが梶野《かじの》の思考はどうしてか、一向にそちらへ行かない。

何故《なぜ》か。何故なのか。

「(透けブラが気になって、考えがまとまらない……っ!)」

依然として透けている水色のブツ。梶野の胸には新たな感情が渦巻いていた。

「(不特定多数の野郎が乃亜ちゃんの透けブラを見るのは、なんかダメな気がする……)」

ジョギングする野郎、散歩する野郎。すれ違うたびに梶野《かじの》は「ガルルルッ！」と無理やり怖い顔を作って牽制《けんせい》する。

これにはタクトも「うわっ、それほど怖くない……」といった呆《あき》れ顔をしていた。

「……カジさん、実はアタシね……メンタリストなのですよ」

梶野が脳内大パニックの中、今度は乃亜《のあ》が不可思議なことを言い出した。

「カジさんの心に宿る感情のカラーを、言い当てることができます」

「どうしたの急に……」

「いまからアタシが言う言葉から連想する色を、心のままにノータイムで答えてください。それを見事、当ててみせます」

「良いけど……」

漂う神妙な雰囲気《ふんいき》に、梶野は気圧《けお》される。

乃亜は事前に梶野の答えを予想し、その内容をメモ帳に書く。

そうして乃亜は、対象となるその言葉を言い放った。

「言おうか言うまいか、もどかしい思い」

「んー水色」

梶野は約束通りノータイムで、心のままに浮かんだ色を告げた。

乃亜はうっすら笑みを浮かべると、メモ帳を掲げてみせる。

梶野は、言葉を失った。

『すけブラの色』

これが、メンタリズム――。

「残念でしたねぇカジさん……アタシはぜんぶ分かっていましたからねぇ……ブラが透けていることも、カジさんに見られていることもねぇ！」

乃亜は必死にしたり顔を作り、大笑い。

だがその実、耳まで真っ赤な上に涙目。死ぬほど恥ずかしいと顔に書いてあった。

「この一件を透けブラ事変として一生イジられたくなければ……試験で頑張ったアタシを遊びに連れて行くのですッ、良いですねッ！」

豪気っぽく振る舞う乃亜に、梶野は降参するほかなかった。

「……えみりも一緒なら、良いよ」

梶野はTシャツの上に着ていた麻素材のジャケットを、そっと乃亜に掛けてあげる。

「……これからは気をつけるんだよ」

「お気遣い、ありがとうございますねぇ！」

それからしばらくの間、乃亜の顔は赤く、口調はしばらくおかしいままだった。

第十一話　がんばれ負けるな日菜子さん！

どうも皆さん、初めまして。

わたくし、花野日菜子《はなのひなこ》と申します。

広告代理店にてデザイナーとして勤めております、入社二年目の二十四歳です。

おかげさまで仕事にも慣れました。

弊社は万年人手不足なので仕事量は多く、眉間《みけん》に生卵を投げつけてやりたい上司も何人かいますが、基本的には充実した日々を過ごしております。

さて突然ですが、私には好きな人がいます。

同じくデザイナーとして働く同僚。名を梶野了《かじのりょう》さんといいます。

人当たりが良く、とても優しい方です。しかし仕事に対しては真摯《しんし》で、時には頑固な一面を見せる時もあります。それがまた素敵なのです。

そんな梶野さんがなんと今、目と鼻の先にいるではありませんか。

もちろん社内ではありません。休日です。場所は日本橋《にほんばし》の商業ビル、生花やオブジェや映像などで花を楽しむアート展。

デザイナーという職業上、常にインプットを欠かすことはできません。それに今度、フラワーショップの案件を任されることとなったので、おあつらえ向きの展示会なのです。

実は密《ひそ》かに、梶野さんと来れたらなぁ、なんて思っていました。結局は勇気が足りず、誘えませんでしたけどね。

しかしそんな願いが今、叶《かな》おうとしています。何故《なぜ》ならそこに、梶野さんがいるのだから。

通常なら小躍りするところです。

ですが現状、小躍りもできなければ、声をかけることさえ難しい。

どうしてか？

彼の隣に、ギャルがいるからです。

「（あの子、前に会社に乗り込んできた……）」

少し派手めなメイクに、肩が露出したフリルブラウスを身に纏《まと》う少女。

梶野さんの話では、最近仲良くしているお隣さんらしいです。

ただ、休日に二人きりで出かける仲だとは聞いていません。

「（それにしてもあの子、近すぎでしょ……梶野さんとの距離感バグってるでしょ……梶野さんも何ヘラヘラ笑っているんですかっ、もう！）」

並んで歩く二人は今にも肩が触れ合いそうです。「私たちカップルなのです」とでも言わんばかりの距離感を見せつけています。

私は大きなオブジェに隠れつつ、引き続き二人を観察しました。

「(あ、今あの子梶野《かじの》さんのうなじ嗅《か》いだ！　うなじ嗅いでウットリしてる！　梶野さんその子変態ですよっ、変態！)」

ＪＫの一挙手一投足に、ついヒートアップしてしまいます。

何故《なぜ》私は貴重な休日に、こんな浅ましい行為をしているのでしょう。

梶野さんは女っ気がまるでない人です。加えて去年から犬を飼い始めたらしく、お酒の付き合いも悪くなりました。なので私はまったく焦っていませんでした。

私の独壇場だと思い、デスクの隣の席から少しずつアピールしていたのです。

そこへ突如《とつじょ》現れた、リアルお隣さんＪＫ。

それでも梶野さんは分別のある方なので、まさか女子高生とガチ恋なんてしないよね……と信じていたのです。

「(それがっ……なんてザマですか梶野さんッ！)」

憤慨《ふんがい》しているその最中、ふと視線を感じました。

何やら小学生くらいの女の子が、梶野さんらを監視する私へ怪訝《けげん》な目を向けています。

「あ、あはは……」

笑ってごまかすと、彼女はスーッと離れていきました。

「(危ない危ない。さすがに怪しすぎたか……ってちょっとッ！)」

なんと先ほどの小学生が、梶野さんたちの元へ駆け寄っていくではありませんか。

「（まさか私のことを告げ口する気ッ？　マズい、このままだと……）」

私の頭に優しくない未来が浮かびます――。

『休日に同僚男性をストーキングしたとして会社員の女を逮捕。女は「彼と一緒にいた女が変態的な行為をしないか監視していた」と容疑を否認。ネットでは女に対し「見苦しい」「変態はおまえや」「変態しかいないのかこの国は」などの意見が挙がっている』

「（あぁもう、どうにでもなれッ！）」

私は意を決し、オブジェから飛び出しました。

「梶野さーーん、奇遇ですねぇぇっ！」

「うわぁぁっ、何――――っ？」

突然のことに梶野さんは体をのけ反らせます。

私を確認すると、また別の驚きを見せました。

「えっ、花野《はなの》さんっ？」

「そうです花野です、花野日菜子《ひなこ》ですよ梶野さん！」

私も私で感情が高ぶり、不思議な口調になってしまいました。

ＪＫもＪＳも目を丸くしています。

しかしこのＪＫ、近くで見ると結構可愛《かわい》いな……悔しいけど服のセンスも良い。

通りすがりのＪＳは、早めに退場してくれ。「私たち知り合いなんですよー、不審者じゃないですよー」とアピールしてるじゃないか。その正義感は別の場所で発揮してくれ。

するとJSが口を開きます。

「了《りょう》くん、この人知り合いなの？」

えっ。

「うん、会社の同僚だよ。えみりはトイレ長かったな」

えっ、えっ。

「そんなこと女の子に言っちゃダメ。もー了くんはー」

「ごめんごめん。花野《はなの》さん、この子は姪《めい》っ子のえみり」

いやJSもツレだったんか～～い！

心で盛大にツッコミながらも、無理やり社会人スマイルを作って挨拶《あいさつ》に応えます。

「（じゃあJKと二人きりのデートってわけじゃなかったのね……）」

一安心、と思ったのも束の間。

「…………」

ビリッとした視線が、突き刺さりました。

ニッコリと微笑《ほほえ》むJKの、私を見る瞳。愛嬌《あいきょう》が表面に映りながらも、その奥には地獄の業火のような敵愾心《てきがいしん》が見え隠れしています。

この数秒間の態度や言葉、声色で彼女は気づいたのです。

私が、叩《たた》き潰《つぶ》すべき敵だと。

「それでこの子が前に話した、お隣さんの香月乃亜《こうづきのあ》ちゃんね」

梶野《かじの》さんから紹介されると、彼女は頭を下げ、舐《な》めるように私を見つめます。

「よろしくお願いしますね、花野さん」

「よろしくね、乃亜ちゃん」

この瞬間の私の気持ちは、たった一言に集約することができました。

上等だよ。


展示会場を後にすると、そろって近くのカフェに入店。

私と乃亜ちゃんは、ウフフアハハと和《なご》やかにおしゃべりをしています。

「……なので、試験が終わったご褒美《ほうび》に連れてきてもらったんですよ〜」

「そうなんだ〜、乃亜ちゃんはおねだり上手だね〜」

「え〜そんなことないですぅ」

そう、こんなにも和やかに。

同席する梶野さんはとても微笑ましそうに、えみりちゃんはとても不安そうに、私たちを見ていました。

「女の子同士ってすぐ仲良くなるね。すごいなぁ」

「私は、了《りょう》くんの方がすごいと思うな」

「え、なにが？」

「引き寄せる力というか……吸引力？」

「掃除機の話してる？」

この会話だけで、えみりちゃんがとても察しの良いＪＳだと理解しました。

ここで、乃亜《のあ》ちゃんの目が怪しく光ります。

「掃除機といえば、カジさんちのヤツこの前使ったんすけど、吸引力弱くないですか？」

「あー、あれ入社した頃に買ったヤツだから、もうボロいのかも」

「買い換えた方がいいっすよ。帰りに電気屋さん見て行く？」

梶野《かじの》さんと乃亜ちゃんの自然な会話。

それを聞いて、私の心肺は停止しました。たぶん白目も剝《む》いています。

えみりちゃんは「仕掛けたっ……」といった顔で生唾《なまつば》を飲んでいました。

「……梶野さん。いまの話だと、乃亜ちゃんがおウチに出入りしているような……」

梶野さんは「あ……」と漏《も》らし、気まずそうに苦笑。そして小さく頷《うなず》きました。

「実は、そうなんだ」

「もー、エマ先輩が釘さしてたのに」

「でも本当、仲良いお隣さんってだけで、いかがわしいことは何も……」

「分かってますって。まぁそうなのかもなーって、薄々勘づいていましたから。あははー」

嘘で〜〜〜す！

今の私、驚きと嫉妬《しっと》で五臓六腑《ごぞうろっぷ》が爆散しそうで〜〜〜す！

「（このＪＫ……これ見よがしに親密さアピールしやがって……っ！）」

こうなれば戦争です。

私もどうにかマウントを取らねば気が済みません。何かないか、何か。

「（そういえば乃亜ちゃん、さっき梶野さんのうなじを嗅《か》いでいたな……）」

かろうじてひとつ、思いつきました。

「梶野さん、休日でもあの香水、つけてくれているんですね」

「もちろん。本当に気に入ってるからさ。ありがとうね本当」

「いえいえ。そんなに使ってもらえてるなんて嬉しいです」

この会話に、えみりちゃんが首をかしげます。

「了くんの香水、花野《はなの》さんからもらった物なの？」

「うん、去年の誕生日にね。それから毎日つけてるよ。センス良いよね花野さんは」

「えーそんなことないですよー」

そうなのよ、乃亜ちゃん。

君が今まで嗅いできた梶野さんの匂《にお》いは、私がプレゼントした香水の匂い。

つまり君は、私と梶野《かじの》さんの信頼関係そのものを嗅《か》いでいたのさっ！

「(……なんてね)」

こんなレベルの仲良しアピールで、家に出入りしてる乃亜《のあ》ちゃんが動じるわけがない。

まったく、何をしているんだ私は。

「……グッ、グガァァッ……！」

いやめちゃくちゃ効いてるな！　乃亜ちゃん、朝日浴びたアンデッドみたいになってるな！

何だかよく分からないけど、ざまあみろ！

ここで唐突に、梶野さんが席を立ちます。

「ちょっとトイレ行ってくるね」

「了《りょう》くん、ハンカチ持ってる？」

「あ、いや無いな」

「もー、ちゃんとハンカチ持ちなって昔からよく言ってたじゃん、私」

「ごめんごめん、いつもえみりが貸してくれてたからさ」

「しょうがないなぁ。はい、ちゃんと返してね」

どうでもいいけどこの姪《めい》っ子、元カノ感すごいな。

「「…………」」

梶野さんがいなくなると、このテーブルのバチバチ感は一層如実《にょじつ》になります。傍観者のえみりちゃんは「もうお好きにどうぞ」といった顔でオレンジジュースをすっていました。

ただ、ここで私はふっと力を抜きます。

社会人の貴重な休日。素晴らしい展示会を訪れて、偶然好きな人とも遭遇できた。

それなのに、ここでJKといがみ合って何になる。

「乃亜ちゃんにとってさ、梶野さんはどんな存在なの？」

できるだけ柔らかな口調で問いかけました。

すると乃亜ちゃんは猛獣のような雰囲気《ふんいき》から一変、キョトンとしました。徐々に顔を赤らめながら、小さな声で「え、えっと……」と呟《つぶや》きます。

くそ、可愛《かわい》いなコイツ。

「カジさんは本当、びっくりするくらい優しくて……こんなアタシでも受け入れてくれて、なんていうか……人生で出会ってきた中で一番大好きな人、です」

なんて恥ずかしい告白でしょう。えみりちゃんも、そしてきっと私も、つられて紅潮してしまっている。

人生でって、たかだか十五歳くらいでしょうに。

まぁでも私も二十四歳だし、人のことは言えないですね。

人生で出会ってきた中で一番大好きな人。

私にとっても梶野さんは、そうかもしれません。いや、きっとそうです。

「あの、花野《はなの》さん。お願いがあって……」

乃亜《のあ》ちゃんは言いにくそうに、どこか泣きそうな顔で言いました。

「私とカジさんのこと、秘密にしてほしくて……」

「………」

「もし大事になったら、カジさんが……」

問題になるのはイヤだけど、梶野《かじの》さんとは離れたくない。なんてワガママな要求でしょう。

確かにそれは、私が乃亜ちゃんと相対する上で、一番有効な切り札です。梶野さんと乃亜ちゃんを引き剝《は》がすなんて、この現代社会では簡単なのです。

ただ私は、そんなことするつもりはサラサラありません。

「分かってるよ。そうなったら乃亜ちゃんも、タダじゃ済まないだろうしね」

前に梶野さんがポロリとこぼしていた、乃亜ちゃんの家庭不和と学校嫌い。つまりはとてつもなく大きな孤独感を、彼女は抱えている。それを私は知ってしまっている。

この少女には、愛だとか恋だとか以前に、梶野さんが必要なのだろう。

「いや、アタシはどうでも……」

「良くないでしょ。梶野さんは乃亜ちゃんのことを思って、受け入れているんでしょ。その君が自分を大切にしないでどうするの」

「あっ……そっか」

「いろいろ考えて行動してね。梶野さんのためにも」

「花野さんって……オトナですね」

そう言って、乃亜ちゃんは素直に何度も頷《うなず》いていました。何を当たり前のことを。

「あの、もうひとつ」

「まだ何かあるの？」

「日菜子《ひなこ》さんって、呼んでいいですか……？」

純粋な瞳で、上目遣いでこちらを見つめてきます。

だから可愛《かわい》いかよ。なんなんだよコイツ。

結局、連絡先まで交換することに。お互いスマホをかざし合っている様子を見て、えみりちゃんは意味ありげにニコニコ笑っていました。

陽が落ちかけた頃、私たちは揃《そろ》ってアート展を後にしました。

駅までの道すがら、仲良くお話しする乃亜ちゃんとえみりちゃんの背中を見ながら、私と梶野さんも並んで歩きます。

私が右で梶野さんが左。会社での席の並びと逆だからでしょう、何だかムズ痒《がゆ》いというか、違和感を覚えます。私だけでしょうか。

「今日はごめんんね。せっかくの休日なのにご一緒しちゃって」

梶野《かじの》さんは申し訳なさそうに言います。この人は、何を見当違いなことを。

「いえいえ、私も楽しかったですよ、本当に」

「でも良かったよ。花野《はなの》さんと乃亜《のあ》ちゃんが仲良くなれたみたいで」

「乃亜ちゃん、すごく良い子じゃないですか。素直だし、可愛《かわい》いし。学校で寂しい思いをしているなんてウソみたい」

「そうなんだよねぇ……」

梶野さんはため息のような返事を漏《も》らします。その複雑そうな表情を見るに彼は、学校で孤立している乃亜ちゃんを、心の底から心配しているようです。

親戚でもなんでもない、ただのお隣さんである乃亜ちゃんを。

いや、もしかしたら……梶野さんにとって乃亜ちゃんはもう、ただのお隣さんではないのかもしれない。だからそれほど心配しているのかも。

私の乃亜ちゃんを見る瞳に、再び羨望《せんぼう》が影を落とします。

「……こちらこそ、すみません。三人の時間をお邪魔《じゃま》して……」

「そんなことないよ！」

お邪魔の「ま」と言ったくらいで、梶野さんは食い気味に否定しました。

「二人とも楽しそうだったし。僕も、花野さんと一緒に展示を見られて良かったよ」

「え……」

「だって花野さん、インスピレーションを得るために今回のアート展に来たんでしょ？　今度フラワーショップの案件を担当するから」

つい、声が詰まってしまいました。私は小さく頷《うなず》きます。

「花野さんがどんなデザインに仕上げるか楽しみだったんだ。だからあのアート展にそのベースの一部があると思うとワクワクするよ。僕と同じものを見た花野さんがどんな着想を得て、どうアウトプットするのか……あ、プレッシャーかけてるつもりじゃないからね」

「…………」

その優しく真摯《しんし》な瞳で見つめられると、私の心はいつでも、あの日に戻ってしまう。

あなたに恋をした、あの瞬間に。

「……ふふ。残念ながら、十分にプレッシャーを感じちゃいました」

「うわーごめん、そんなつもりじゃなかったんだよー」

頭を抱える梶野さんを見て、私は声を出して笑ってしまいました。

好奇心旺盛《おうせい》なのかワーカーホリックなのか。もしくは、私に興味を持ってくれているのか。

何にせよ、ひとつ確かなこと。

梶野さんはいつでも、言ってほしいことを言ってくれる。

あの日から、ずっとそうだ。だから私は、この人のことが好きなのだ。

「カジさーん、日菜子《ひなこ》さーん。信号、赤になっちゃうよーっ！」

乃亜《のあ》ちゃんの声が響きます。いつの間にか、だいぶ離されていたようです。

「わ、ヤバい。花野《はなの》さん、行こう」

「了解ですっ」

そうして私は、梶野《かじの》さんの背中だけを見つめ、走り出しました。

第十二話　それゆけファイトだ日菜子さん！

どうも皆さん、おはようございます。

花野《はなの》日菜子《ひなこ》、二十四歳です。

突然ですが、どうしても譲れないことってありませんか？

会社の先輩たちと、お酒を飲みながらボードゲームで遊べるお店へ行った時の話です。

私が一番後輩だったので、ここは盛り上げなければと思いまして。全員女性だったのですがあえてちょっぴり下ネタで攻めてみようと、ゲームが始まる直前にこう言ったのです。

「胸を……いや、おっぱいを借りるつもりで頑張ります！」

これ、めちゃくちゃスベったんですよ。

スベりすぎて逆にウケてる、みたいな感じになっちゃって。

私、いまでも納得できないんです。だって面白いじゃないですか。一周回って面白いと言う先輩もいましたが、いや一周目から面白いし、と心の中では絶対に譲りませんでした。

このように絶対に譲れないものって、誰にでもありますよね。

小さなことかもしれないけど、ここで譲ってしまったら、いままで積み上げてきた大切ななにかが瓦解《がかい》するんじゃないかっていう、そんな存在。

例えば、恋とかね。


「おはようございます、梶野《かじの》さん」

「うん、おはよう花野さん」

出勤すると、隣のデスクにはすでに梶野さんが座っていました。

「昨日はありがとうございました。すみません、急に邪魔《じゃま》しちゃって」

「いやいや全然。二人も喜んでたし、むしろ楽しかったよ」

「なに、二人とも昨日会ったの？」

会話に割り込んできたのはエマ先輩。何やら不思議な柄の箱を片手にやってきました。

「エマ、おはよう。そうなんだよ、アート展で偶然会ってね」

「ちなみに二人で会ったわけじゃないですからね」

「分かってるよ、話聞こえてたし。はいこれ、旅行のお土産。フカヒレさくらんぼ饅頭《まんじゅう》」

果たしてエマ先輩はこの週末、気仙沼《けせんぬま》と山形、どちらへ行ったのでしょうか。

「それで、その二人ってのは誰なんだ？」

ドキリ、と梶野さんの心臓から音が聞こえてくるようでした。

きっと乃亜《のあ》ちゃんとの関係については、もう誰にも漏《も》らしたくないのでしょう。ただでさえ倫理的にギリギリなのだから。

「姪《めい》っ子ちゃんとその友達ですよ。二人とも可愛《かわい》かったですね」

「そ、そうそう。二人にねだられてね」

私のとっさの助け船に梶野《かじの》さんも同乗。ウソではないし、我ながらナイスフォローです。エマ先輩は「ふーん」とそれ以上踏み込むことはありませんでした。

「ところで日菜子《ひなこ》、今日ランチ一緒にどう。あそこのローストポーク奢《おご》ってあげるよ」

「えぇっ、やったー行きます行きますっ。梶野さんもどうですかっ?」

「あー、僕もうお昼買ってあるから、二人で行ってきて」

「今回は女子会だから、悪いけど遠慮してくれ梶野。すまん」

「いやだからもう断ってるじゃん……なんで改めて突っぱねるんだよ……」

期待通りのツッコミだったのか、エマ先輩は満足そうに笑います。

同期の梶野さんとエマ先輩は何となく、いつもこんな雰囲気《ふんいき》です。


会社近くの洋食店。奥まったところにありながら昼時は常に混雑しており、味が確かなことを証明しています。私はこの店のローストポークが大好きなのです。

「それで日菜子、実際のところはどうなんだ?」

「え、何がですか?」

半分ほど食べ進めたところで、エマ先輩が尋ねてきました。

「昨日、あんたが遭遇した梶野のツレ、本当は誰だったの？」

「……んゅ？」

　声にならない声が出ました。

「姪っ子と一緒にいただけなのに言い淀《よど》む梶野。とっさにフォローする日菜子。二人はうまくごまかせたと思っていたかもだけど、違和感バリバリだったよ」

「んゅう？」

「いや無理だよ。その言い逃れに未来はないよ」

　やられた。そもそも私だけをランチに誘った時点で警戒すべきだったのです。まんまと豚でおびき寄せられてしまいました。

　ただいくら察しの良いエマ先輩でも、それがお隣のＪＫとは気づいていないようです。

「で、誰だったんだ。新しい彼女？」

　そう尋ねるエマ先輩の顔は、何故《なぜ》か思いやりにあふれた微笑《ほほえ》みを湛《たた》えています。てっきり面白がっているのかと思っていましたが……よく分からない先輩です。

「……違いますよ。彼女さんではないです」

「そうなのか。でも小学生二人ってわけじゃないんだろ？」

　ごまかしても無駄でしょう。大事なところは濁《にご》しつつ、正直に答えます。

「一人は本当に姪っ子ちゃんですよ。でももう一人は違います。これ以上は言いませんよ」

「そうか。分かった」

案外あっさり引き下がったのには、こんな裏がありました。

「でも良かったな、彼女じゃなくて。私はてっきり日菜子《ひなこ》が、彼女とデート中の梶野《かじの》と遭遇してしまったのかと思ったよ」

なるほど。わざわざ私一人を呼び出した理由が分かりました。

どうやら、慰《なぐさ》めてくれるつもりだったようです。

「前も言いましたけど、私そういうんじゃないですからね。梶野さんは良い人ですけど」

「そうか、それは悪かったな」

事務的に謝るエマ先輩でしたが、表情からは悪びれる様子が見られません。この人は私のことを、梶野さんが好きで好きでたまらない女だと思っている節があります。失礼ですね。

まぁでも実際、図星なんですけどね。何故《なぜ》バレたのだろうか。

食後のコーヒーが届いたところで、エマ先輩は話題を変えました。

「姪《めい》っ子といえば、私にも高校生の姪がいてね。この前、すごい相談されちゃったよ」

「すごい相談?」

「なんでも友達と同じ男を好きになっちゃったらしくてね。発覚した時には、一緒に頑張ろうって爽《さわ》やかに鼓舞し合ったんだって」

「へー、良い関係じゃないですか」

どうしてもある人物が浮かんでしまいます。そう、乃亜《のあ》ちゃんです。

恋敵《こいがたき》と知りながらも私に懐《なつ》いてきた彼女。昨日もメッセージのやり取りをして、今週お茶の約束もしています。もはや友達のような、何なら妹のような存在になってきています。

果たしてこの奇妙な関係の先に、どんな未来が待っているのでしょうね。

「でもその友達、裏では姪っ子の悪口をSNSに書きまくってたんだって」

「……えっ」

「ムカついた姪っ子は、あえてそのことを奪い合っている男に相談したらしくて……」

「ちょ、ちょっと待ってください……なんか思ったのと違うな」

朗《ほが》らかな恋バナかと思いきや、ドロドロの要素が追加されてまいりました。

私と乃亜ちゃんの関係を彼女らに重ねて聞いていた手前、だいぶ居心地悪くなってきました。少々、思考を整理する時間が必要です。もしもバッドエンドなら余計に……。

「結果、姪っ子とその男、流れでヤっちゃったみたい」

「待ってって言ったじゃないですかーーっ！」

この人は平然と何を言っているのでしょうか。昼時の飲食店で。

ていうか『流れでヤる』ってなんですか。何をヤッたんですか。大貧民とかですか。

ただ、この話から無理やり教訓めいたことを抽出するなら、女の友情はかくも脆《もろ》いというところでしょう。恋は戦争なのですから。

私と乃亜《のあ》ちゃんだって、こうなってもおかしくはないのです。

どんな手を使ってでも、梶野《かじの》さんを奪った方が勝ちなのです。

「……でも良かったじゃないですか、姪《めい》っ子ちゃん。過程はどうあれ好きな人と結ばれて。

それで、何を相談されたんですか」

「それがなぁ、実はその男が四股男だと発覚してさ。そいつを社会的に抹殺《まっさつ》する方法を教えてくれって聞いてきたんだよ。ダメだね、男ってのは」

「………」

梶野さんはそんなことしないもんっ！

叫びそうになりましたが、なんとか堪《こら》えました。


「わーオシャレなカフェ。日菜子《ひなこ》さんセンスありますね！」

「ふふ、ありがとう。乃亜ちゃんに喜んでもらえて良かったよ」

興奮する乃亜ちゃんへ、キザな彼氏のようなセリフを告げる私。

本日、乃亜ちゃんとお茶の約束をしていました。

「日菜子さん仕事帰りですよね。なんかこの前の日曜とは雰囲気《ふんいき》が違う」

「そりゃまぁ、平日はオフィスカジュアルだからね」

「カッコいいー、そういうの憧れマインドですー」

乃亜ちゃんは学校帰りらしく制服姿です。繁華街のお店でこうしてＪＫと逢瀬《おうせ》していると、悪いことをしている気分になりますね。これがパパ活ってヤツですかね。違うか。

ただ、先日エマ先輩にあんな話を聞いたせいで、ほんのり気が引けている自分もいます。

このまま恋敵《こいがたき》同士が、仲良くしていて良いのでしょうか。

どうしましょう、ＳＮＳに悪口を書かれたら。乃亜ちゃんは良い子ですが、十代というのは何をしでかすか分かりません。もしそうなったら私も流れでヤれば良いんですかね。

「ごはんもけっこう美味《おい》しいけど、どうする？」

「んー、カジさんちで食べたいからいいや」

「……ソッカ、リョーカイ」

カフェラテ二杯と、私の分の大盛りペスカトーレを店員さんに注文。その声はわずかに震えていたかもしれません。

自慢か。自慢なのか。梶野家フリーパス自慢なのか。

嫉妬《しっと》で燃え上がる感情を、氷をボリボリ嚙《か》んで必死に抑えます。

「氷おいしい？」

「……うん、おいちい」

このままでは精神衛生上よろしくないので、話題を変えます。

「乃亜ちゃんって趣味は何なの？」

「うーん、映画かな。最近はゾンビ映画にハマり倒してる」

「へー意外だね」

ここで、あえて攻勢に出てみます。私だって梶野《かじの》さんと良い関係であることをアピールしたいじゃないですか！　仲良しなんですから！　たぶん！

「ゾンビ映画といえば去年話題になったヤツあるでしょ」

「えぇっと、どれだろう……」

「梶野さんがそれをＢＤ《ブルーレイディスク》で観たらしいんだけど、怖すぎて最後まで観れなかったんだって。私が思わず『可愛《かわい》いー』って言っちゃったら、梶野さん顔赤くして『そういうこと言わないの』って言ってさ。それもまた可愛いなーって……」

「あ、それアタシと一緒に観たヤツだ。確かに怖がってるカジさん、ちょー可愛かった！」

「……フーン、仲良シダネェ」

凄《すさ》まじいカウンターが飛んできました。返り討ちとはまさにこのこと。

聞けば聞くほど、乃亜《のあ》ちゃんと梶野さんの親密さが窺《うかが》い知れるようです。

あぁ羨《うらや》ましいなぁ。私も梶野さんちでごはん食べたいし、一緒に映画観たいなぁ。

でも、私と梶野さんはただの会社の先輩と後輩。今の関係のままでは、叶《かな》いません。

これが、私と乃亜ちゃんとの大きな差なのです。

かくなる上はエマ先輩の姪《めい》のように……乃亜ちゃんがいじめるのだと梶野さんに相談して、

流れでヤっちゃえば！（↑それができれば苦労しない）

「でも……アタシは日菜子《ひなこ》さんが羨ましいっす」

思いもよらぬ発言に「へぇ？」と間抜けな声が出てしまいました。

何そのシリアスな表情。嫌味かと思ったらマジなの？

どうしよう、じゃあ私と乃亜ちゃんが流れでヤっちゃえばいいの？（大混乱）

「カジさんと日菜子さん……この前ちょっと話しているのを見ただけなのに、信頼し合ってる感じがすごく分かってさ。なんかオトナ同士の雰囲気《ふんいき》が出てて……ほんと羨まの民」

「そ、そう？　自分じゃよく分からないけど……乃亜ちゃんだって気にかけられてるでしょ」

「……でもさ、たぶんカジさんはアタシのこと、子供としてしか見てないんだ」

乃亜ちゃんはまつ毛の影を頬《ほお》に落とし、ポツポツと吐露《とろ》します。

「カジさんにとってアタシはまだまだ子供で、どうしたって彼女候補にもなれない。だから、アタシも日菜子さんみたいになりたい。早くオトナになって、カジさんに信頼されて……好きって伝えても誰にも文句言われないようになりたい」

「……そっか」

隣の芝生はなんとやら。

私には羨ましく見えた関係でも、そこには乃亜ちゃんにしか分からない苦悩や葛藤《かっとう》がある。

子供だからできることもあれば、子供だからできないこともある、というわけです。

でも裏を返せば、オトナだって同じです。

「……私は、乃亜《のあ》ちゃんが羨《うらや》ましいって思うよ」

「え？」

「一緒にご飯食べて、映画を観て、笑い合える。四六時中、好きな人のことを考えられる。まっさらな気持ちで、この人が好きなんだって思える。それって実はすごく尊くて、誰にでもできることじゃない。オトナは、特に難しいかもしれない」

「そうなの？」

「そうだよ。会社の先輩である梶野《かじの》さんに好きって言う、ただそれだけのために私は、色々な問題をクリアしなきゃいけない。何かを諦《あきら》めなきゃいけないかもしれない」

おそらく想像もしていなかったのでしょう。オトナの世界を垣間見《かいまみ》た乃亜ちゃんは、驚きで声も出ないようです。目をまん丸くさせていました。

「まぁそれでもいつか絶対に、何がなんでも、梶野さんに想いを告げるけどね」

とびきり好戦的な目を向けると、乃亜ちゃんは一瞬ひるみましたが即座に返答します。

「あの……アタシ負けませんから」

「うん、私も負けないよ」

はい、戦争です。いまここではっきりと開戦しました。

二人が狙うお宝は、とあるアラサーさんの心。仁義なき戦いが今、始まるのです。

にもかかわらず乃亜ちゃんは何故《なぜ》か、はにかんでいます。なんで嬉しそうなんですかね。

そこで、頭にバチっと電気が走ります。ここだ。ここでこそ再チャレンジだ。

私はほぼ無意識で、カマしていました。

「胸を……いや、おっぱいを借りるつもりで戦うから」

渾身《こんしん》です。かましてやったよ、ドン滑りしたギャグを。今度はシラフでかましてやったよ。

この一発に、乃亜ちゃんの反応は……。

「えへへぇっ、なんすかそれウケる〜ひぃ〜〜っ！」

涙を流しながら、端整な顔が歪《ゆが》むほど大爆笑しています。

そんなあられもない姿を見ながら、私はぼんやりと思うのでした。

くそぉ……恋敵《こいがたき》じゃなければ、最高の友達になっていたのになぁ。

第十三話 タヌキ顔ぼっちギャル VS キツネ顔ぼっち王子

日の入り頃。タクトを連れて土手を散歩しているのは、珍しく梶野《かじの》一人だ。

塾の日でないのでえみりは不在。

乃亜《のあ》はなんと、日菜子《ひなこ》と会う約束をしているらしい。女子同士が仲良くなるのは本当にあっという間だと、梶野はしみじみ感じた。

「ふたりきりは久々だな、タクト」

語りかけるとタクトは「はて、僕の飼い主は誰でしたっけねぇ」といった顔をしていた。

夕日の色を滲《にじ》ませる梅雨の曇り空は幻想的で、道ゆく人はみな空を見上げている。

ただ梶野は考え事のせいか、俯《うつむ》きがちだ。

「(乃亜ちゃん、えみりとか花野《はなの》さんと仲良くなったのは良いけど……)」

現在乃亜は、梶野周りの女性と次々と友達になっている。

それまで話し相手といえば梶野とタクト、さらに遡《さかのぼ》れば『パパたち』のみだったことを考えれば大きな進歩だ。が、心配ごとがないとはけして言えない。

『友達いないのに学校行かされるのって、けっこうしんどいと思うんだよね……』

えみりが前に言っていた、この言葉の通り。

乃亜は強がっているが、寂しくないわけがない。ひとりぼっちの学校生活を送っていると、想像するだけで胸が苦しくなる。

「(どうにかできないものかな……)」

「……あっ」

ふと、前から歩いてくる女子が梶野を見て、こんな声を漏《も》らす。彼女は梶野と目が合うと、視線から逃げるように小さく頭を下げた。

制服姿の女子高生。身長が高く、梶野と同じくらいある。

「(この子、どこかで会ったっけ……？)」

すれ違う直前、脳にパチッと火花が走る。

「あっ、乃亜ちゃんのクラスメイトのっ！」

「ひぃぃぃぃッツ！」

数日前にもすれ違い、乃亜がどうでもよさそうに説明していたクラスの子だ。

その彼女は今、土手から転げ落ちていた。

「ええええ――――っ！」

梶野の声に驚いて足を踏み外したらしい。ぐるんぐるんと何回転もしている。

梶野はその凄《すさ》まじいコケっぷりにこそ仰天《ぎようてん》していた。

「大丈夫っ？」と駆け寄ろうとすると、すかさず彼女は声を上げる。

「ひぃっ、だだだ大丈夫れす！」

噛《か》んでるし、目は回っているし、あまり大丈夫なようには見えない。

すると、更なる珍事が彼女に巻き起こる。

土手から転げ落ちる様を見て遊んでいると思ったのか、タクトが「楽しいヤツだっ、交ぜて交ぜて！」と興奮した様子で彼女へ駆け寄っていく。

「わああごめんっ、タクト戻ってきなさい！」

重なる無礼に梶野《かじの》は大慌て。しかし彼女は、とっさに叫んだ。

「だ、大丈夫れす！」

そしてまた噛んだ。

「え、何が？」

「このままでも、大丈夫、れすぅ……！」

ゆっくり、はっきりと噛んだ。

雑草まみれの女子高生は、タクトにまとわりつかれながら、至福の表情を浮かべていた。

よく分からないが、幸せそうで何よりだ。

梶野は近くの自販機で缶ジュースを買い、土手でタクトと共に待つ彼女に手渡した。

「ひぃ、あ、ありがとうございます……」

「……うん。どういたしまして」

話しかけるたび悲鳴を上げられるのは少々心にくる。アラサー男は密《ひそ》かに傷ついていた。

彼女からそれなりのディスタンスをとりつつ、梶野《かじの》も座る。

タクトはそんな二人の間を行ったり来たりしながら「どちらが僕と遊びますか、どちらでもいいですよ！」と懸命にアピールしていた。

「えっと、僕は梶野と言います。会社員で、乃亜《のあ》ちゃんの隣人です」

「あ、私は神楽《かぐら》じゃかと言います」

おそらく神楽坂《かぐらざか》と言ったのだろう。梶野は一周回って感心していた。

「(自分の名前で噛《か》む人って本当にいるんだ……)」

滑舌《かつぜつ》が悪いのではなく、何故《なぜ》だか異常に緊張しているようだ。

そんな神楽坂を引き留めてでも、梶野には話したかったことがある。無論、乃亜について。

「乃亜ちゃんから聞いたんだけど……神楽坂さんは同じクラスなんだよね？」

「は、はい……」

「乃亜ちゃんって、学校でどんな感じ？」

「えっと、ぴゃっぴきおーきゃみ……」

「ぴゃ？」

「すみません……一匹狼って感じです」

え、いま噛んだの。知らない言語なのかと思った。

「やっぱりそうか……」

「でもまだ入学して三か月なので、ぼっちなのは香月《こうづき》さんだけじゃないかも……」

「そうなの？」

「私とか……」

「そうなの……」

神楽坂は座ってもなお大きな体を小さく縮こませる。

ただ、どうやら犬好きらしい。彼女はタクトから勇気をもらうようにモフモフと抱きしめると、ゆっくり話し出した。

「たまに話しかけてくれる女の子たちはいるんです。でもみんな友達って感じじゃなくて、ものすごくへりくだってくるんです。ずっと敬語だし、よそよそしくて……」

「……なるほど」

神楽坂の容姿を見れば、部外者の梶野でもクラスの子たちの心情を理解できる。

神楽坂は、ハンサムすぎるのだ。

目は切れ長で顔は小さく、ハンサムショートの髪型も相まって、どちらかと言えば王子様といった印象。男の梶野から見ても惚《ほ》れ惚《ぼ》れする外見だ。

そんな見るからに女子にモテそうな風貌《ふうぼう》のせいで、近寄りがたい雰囲気《ふんいき》すらある。まだ異性に慣れていない女子からすれば、彼女は眩《まぶ》しすぎる存在なのだ。

しかしその性格はむしろ真逆。気弱で臆病《おくびょう》なのだろう。

だが彼女を慕うクラスの女子たちは、この本性には気づいていないらしい。

つまり、中身と外見に大きなズレがある、難儀な王子様なのだ。

そして悲しいことに、そんなイヤでも目立つ外見をしていると、一部から余計な反感を買ってしまうこともある。

「そんな扱いされてるせいで最近は、クラスのギャルっぽい人たちから嫌われているみたいで……この前もトイレで『いい気になんな』って言われたり……」

「うわ、大変だね」

「しかもそれを聞きつけた私を慕ってくれている子たちが、そのギャルっぽい人たちと対立を始めて……私のせいでクラスが変な雰囲気《ふんいき》になってるんです……」

「うわぁお……」

梶野《かじの》は思わず天を仰いだ。

乃亜《のあ》の心配をしていたが、彼女のクラスはもはやそれどころではないらしい。

「なら、まずは男子と仲良くなるとか……」

「む、無理でしゅっ！」

神楽坂《かぐらざか》はもげそうな勢いで首を振る。

「私、男の人が怖くて……まともに話もできないんでしゅ」

「え、そうなの？」

「でしゅ。今もタクトくんと話していると思い込んで、やっとなので……」

「そ、そう……ごめんね、ありがとう」

目が合わないのも、嚙《か》みまくっているのも、すべてはそのせいだったらしい。

「だって男の子って声大きいし、乱暴だし、喉仏《のどぼとけ》って何ですかアレ怖い……」

「すみません……」

全男性を代表して謝罪する梶野であった。

「ちなみにそいつも雄《オス》だったりするけど」

神楽坂は微笑《ほほえ》みながら、タクトを柔らかく撫《な》でる。

「動物は好きなんです。特に犬は素直で可愛《かわい》くて。でもウチでは飼えないから、たまにここで散歩してる子たちを眺めていて、触れ合えればなぁとか思ったり……」

「なるほどね。だからこの前も、ここを歩いていたんだ」

これは良い友情チャンスだ。打算的な大人は心の中でそう思った。

梶野と乃亜がそうであったように、乃亜と神楽坂もタクトの散歩を通じて、仲良くなれるかもしれない。同級生同士なのだから、より自然に。

そうすれば学校でも話すようになり、互いに孤立から脱却できるかもしれない。

誰もが幸せになれる良い機会だ。老婆心丸出しの梶野《かじの》が、神楽坂《かぐらざか》に語りかける。

「今日は僕だけど、普段は乃亜《のあ》ちゃんがよくここでタクトの散歩をしてるんだ。だから今度乃亜ちゃんとタクトを見かけた時は、存分に触れ合ってよ」

神楽坂はとっさに輝く瞳を梶野へ向けたが、慌てて逸《そ》らした。

そうして再びタクトを見つめながら会話する。

「い、良いんですか？」

「もちろん。遠慮しないで」

「い、良い人ですね……タクトさん」

「僕は梶野だけどね」

これで、乃亜と神楽坂を結びつけるきっかけ作りができた。

「（ここから二人が親友になってくれれば、嬉しいなぁ）」

と、思いを馳《は》せていた、その時だ。

「ぐぉらぁぁアア！」

「え……きゃあぁぁ！」

怒声と共に、ギャルの形をしたミサイルが神楽坂に突っ込んできた。

まともに食らった神楽坂は、再び土手をズザザーッと転げ落ちていく。

「えええ――――っ！」

凄惨《せいさん》な衝突事故を目の当《ま》たり《あ》にした梶野は驚愕《きょうがく》。

その加害者が顔見知りであることを知り、愕然《がくぜん》とする。

「の、乃亜ちゃん……？」

「キサマッ、何しとんじゃオラァァァッ！」

もはやその耳に梶野の声は届いていない。

神楽坂を見下ろす乃亜のその瞳からは、友好的な感情は微塵《みじん》も感じられなかった。

時間は遡《さかのぼ》り、数十分前のこと。

日菜子《ひなこ》と別れ、帰宅の途に着く乃亜の足取りは軽かった。

「(日菜子さん、やっぱり良い人だったぁ)」

日菜子との初めてのツーショットトークによって、その心は大いに満たされたらしい。

「(さて。日菜子さんに負けないように、今日もカジさんにアピりまくって、ついでにタクトをモフモフしよーっと)」

だが梶野家を訪れても、梶野とタクトはいなかった。

散歩に行ったのだと乃亜は瞬時に理解。家で待っていても良かったが、一刻も早く梶野に会いたく、再度マンションを出た。

散歩コースを逆から進んでいく。そうして土手に着いたところで、発見した。

梶野《かじの》は、女子高生と談笑していた。

「…………」

乃亜《のあ》は彼女を知っている。毎日クラスで見かけるノッポ。名前は確か、神楽坂《かぐらざか》。

よく見れば神楽坂の腕の中には、気持ち良さそうな顔のタクトもいる。

自分でない女子高生が梶野の隣にいて、タクトを抱いている。

プツーンッと、脳で何かが切れた。

「ぐおらぁぁぁアァ！」

以降、先ほどの通りである。

「キサマッ、何しとんじゃオラァァァッ！」

乃亜の怒りは収まらず、目を回している神楽坂に咆哮中《ほうこうちゅう》。そこへ梶野が制止に入る。

「いや乃亜ちゃんが何してるのっ！」

「カジさんっ、まさかこんな子供と仲良くするなんて……っ！」

「子供って、君たち同級生でしょうが！」

乃亜がここまで取り乱す理由はもうひとつ、梶野の元カノ・キョーコが関わっている。

キョーコの外見について、かつてえみりは『カッコ良い感じ』と証言した。

そして神楽坂もまた、高身長でシャープな目のキツネ顔美人。

乃亜の心がざわつくのも無理はなかった。

「やっぱりこういう系が好きなんか……アタシみたいなナチュラルに可愛《かわい》いタヌキ顔美少女はアカンのか───っ！」

「ひとりで何言ってんのっ？」

梶野と乃亜がやり合っていると、遅れて神楽坂がノソノソと土手を登ってきた。

「いたた……何するの香月《こうづき》さん……」

「アンタもとんだ曲者《くせもの》の民だねっ、神楽坂とか言ったかいっ？」

「何その口調……」

乃亜を相手にすると神楽坂は普通に話し、まるで嚙《か》まなくなった。

男の梶野と話している時とは別人のようだ。

「アンタ、クラスじゃ男嫌いマインドで振る舞っているくせに、初対面のカジさんに対してはグイグイいくんだねぇっ？」

「それは……梶野さんはなんか話しやすくて……それに実際のところ、半分タクトくんと話していたようなもんだし……」

「何わけ分かんないこと言ってんだいっ。ボソボソちっちゃい声でしゃべってさっ。そんなんだからクラスのクソギャルどもにバカにされるんだよ！」

「うう……」

会話すればするほど、二人の間に険悪なムードが流れる。

しかしその最中、梶野《かじの》は意外なことに気づいた。

「(乃亜《のあ》ちゃん、クラスで孤立してるわりによく分かってるんだなぁ)」

神楽坂《かぐらざか》の男嫌いやクラスの問題について、孤立している乃亜もその空気感をちゃんと把握《はあく》しているらしい。案外よく見ているようだ。

「タクトも、そんな見かけ倒しのつまようじ女なんて捨てて、アタシのとこに戻ってこい!」

「ちょっとリード引っ張らないでっ、タクトくんかわいそうでしょ!」

「来るんだタクト! もう耳モグモグしてあげないよ!」

「耳モグモグって何っ?」

先ほどまでは乃亜の勢いに気圧《けお》されていた神楽坂だが、タクトを巡る争いになると急に張り合いだした。犬好きの血がそうさせるらしい。

ちなみにタクトは「僕のために争わないで!」といった焦り顔で右往左往している。

「はいはい落ち着いて二人とも。タクトは僕が預かります」

梶野が間に入り仲裁。乃亜と神楽坂が仲良くなればと画策していたはずが、何故《なぜ》こんな事態になってしまったのか。

「二人ともクラスメイトなんだからさ、仲良くしなよ」

「できませんねぇ、こんなビッチとなんて」

「ビッ……そっちの方がビッチでしょ!」

「ビッチじゃないですぅ〜ゆめかわ系ですぅ〜〜」

「どこがゆめかわ系っ？　『ゆめ』の要素も『かわ』の要素も無いじゃん！」

「『かわ』はあるんですけど〜〜っ？」

低レベルの口喧嘩《くちげんか》に梶野は辟易《へきえき》。正直、面倒臭くなっていた。

「もう、ぼっち同士ケンカするなよ」

「あぁ──カジさんがひどいこと言った──、ぼっちって言った────っ！」

「ひ、ひどいです梶野しゃん！　これだから男子ってイヤ！」

結局ここでは収拾がつかず。

乃亜と神楽坂は険悪な状態のまま、別れるのだった。

神楽坂との衝撃の邂逅《かいこう》を経て、梶野家へと戻ってきた二人と一匹。乃亜はいまだにプリプリとしていた。

「乃亜ちゃん、ダメじゃん。クラスメイトにあんなことしちゃ」

「むーんっ」

「あんな良い子を怒らせて……聞いてる？」

「むーんむーんっ」

乃亜はそのままふわふわと飛んでいきそうなほど、頬《ほお》を膨《ふく》らませていた。

「そんなに謹慎したいのか君は」

「えぇぇひどいよー、頑張って赤点回避したのにーっ！」

「それとこれとは別です」

乃亜《のあ》は怒りに身を任せてジタバタ。その様子を見て遊んでいると勘違いしたタクトのボディプレスを顔面に喰《く》らい「ふぐぅ」と唸《うな》っていた。

「神楽坂《かぐらざか》さん、なんかクラスで困ってるみたいじゃん。助けてあげれば？」

「知らないよー。なんでアタシが子供のケンカに交ざらなきゃいけないいんすか」

「子供って……」

「子供だよ。くだらないことで争ってさ。恥ずかしくないのかって思う」

乃亜はあくまで俯瞰《ふかん》的《てき》にクラスを眺めているようだ。

それはそれでひとつの個性だが、何故《なぜ》そこまで彼女らを見下すのか。

「乃亜ちゃんはなんで友達を作ろうとしないの？」

「…………」

「もしかして、過去に何かあったの？」

図星のようで、乃亜は口を歪《ゆが》めた。梶野《かじの》はじっと答えを待つ。

「……つまらない話ですよ」

少しの沈黙の後、乃亜は語り始めた。

「中三の秋頃、何故か急に女子グループから嫌われ始めてね。どうやらリーダー格の女子には片思いしてる男子がいて、その男子はアタシに好意を持っていたらしいんです」

それだけなら、悲しきかなよくある人間関係のこじれ方である。

だが、事態はそこから更に最悪の方向へ発展していく。

「その男子のグループがアタシにちょっかいかけてた女子グループへ文句を言うようになったんです。アタシを助けようとしたつもりでしょうけど、マジ大きなお世話ですよね」

女性同士の諍《いさか》いに男性が介入すればロクなことにならないのは、世の常だ。

だが中学の時分でそこまで頭が回る男子はいないだろう。

その結果、地獄絵図だ。怒鳴る男子たちに泣く女子たち。

「そんで最終的に、クラスの空気を悪くしたのはアタシ、全部アタシが悪いみたいになって。そのまま卒業ってわけです」

その時の家庭環境も今と同様で、乃亜は母親を頼ることもできなかった。

そこで初めて乃亜は、孤独を経験したのだ。

麦茶を一気飲みすると、最後に吐き捨てた。

「だから、子供は嫌いなんですよ」

「……そっか」

黙って最後まで聞き続けた梶野は、乃亜のそばへ歩み寄る。

無言で、柔らかな微笑《ほほえ》みを湛《たた》えて、彼女の頭を撫《な》でた。

「……子供扱いしないでください」

「子供扱いじゃないよ。大人でも、こうされたい時ってあるから」

「……子供ですね、大人も」

乃亜《のあ》は頭上にある梶野《かじの》の手を摑《つか》まえる。

その手のひらで自身の目を隠すように、顔へ近づける。

「……日菜子《ひなこ》さんの香水くさい」

乃亜は不満そうに、そう呟《つぶや》いた。


「カジさんにナデナデしてもらっちゃった」

「「…………」」

梶野家から帰宅後、乃亜の部屋にて。

乃亜の第一声に、スマホ画面に映るえみりと日菜子は辟易《へきえき》した表情である。

「……まさかそれを言うために連絡してきたの？」

「社会人のアフター6を何だと思ってるの？」

二人の不平不満を耳にしても、乃亜はニンマリし続けていた。

乃亜からオンライン女子会しようと突然呼びかけられた、えみりと日菜子。二人とも断れば良かったと後悔していた。

「頭ナデナデくらい私の時も、今でもよくされるし」

「まぁえみり先生はねー」

「私も梶野さんにナデナデされたことあるよ。頭じゃないけど」

「ウソっ、頭以外のどこをナデナデされたっていうんですか日菜子さんっ！」

「教えなーい」

同僚ら数名での宅飲みにて、悪酔いした際にトイレで背中をさすってもらっただけ、とは口が裂けても言えない日菜子であった。

乃亜が二人に連絡したのは、当たり前だが自慢のためだけではない。

土手での梶野と神楽坂《かぐらざか》の密会について、意見を仰ぐためだ。

「キョーコちゃんはカッコいい系だったけど、身長はそこまで高くなかったよ？」

「あ、そうなんだ。日菜子さんはキョーコさんって人、知ってます？」

「知らないなぁ。少なくともウチの会社にキョーコって名前の人はいないよ」

えみりだけが知っているキョーコさん。

その謎の存在にやけに執着する乃亜だが、えみりと日菜子は異論を唱える。

「了《りょう》くんって外見で付き合う人を選ぶタイプじゃないと思うよ。ほら、私も別にじゃん？」

「うーん……」

今日もえみりは元カノ感フルスロットルである。

「前に飲み会で話してた好きな女性芸能人も、別にカッコいい系じゃなかったよ」

「そうなのっ？　誰なの日菜子《ひなこ》さんっ？」

「女優の金子《かねこ》穂高《ほたか》だって」

「へーそうなんだ！」

タヌキ顔を代表する女優の名前が出て、途端に上機嫌の乃亜《のあ》である。

「でも顔が好きとかじゃなくて、映画での演技が良かったからって言ってたけど」

「…………」

後半は聞かなかったことにした乃亜である。

「まぁ少なくとも、了《りょう》くんが神楽坂《かぐらざか》さんって人に近づいたのは、別の目的があると思うよ」

えみりはやけに確信めいた口調で告げる。

「たぶんだけど、乃亜ちゃんとその人が仲良くなればって思ってのことでしょ」

「えー、うーん……」

「了くん、乃亜ちゃんが学校に友達がいないこと、気にしてるみたいだし」

えみりの予想に乃亜は複雑な表情。日菜子は「あぁ、それだ」と合点《がてん》がいった様子だ。

「でも乃亜ちゃん、別にその子と無理やり仲良くしようとは思わなくて良いんじゃない？　友達になるにも相性って大事だし。梶野《かじの》さんもそれくらい分かってるよ」

この日菜子の助言も理解できる。

あれだけ悪態をついた以上、明日から神楽坂と突然仲良くするなんて無理だ。

「(でも、それでも……カジさんがそれを望むのなら……)」

梶野の期待に応えたい。

それが乃亜の生活において大きな軸になっていることは、とっくに自覚していた。

第十四話　乃亜の友達

登校。誰とも話すこともなく自分の席へ。

これが乃亜《のあ》の日常だ。

ほとんどの生徒は乃亜に目も向けない。最近は男子から声をかけられることもなくなった。

一部のギャルたちは見世物を見るようにあざけ笑っている。

すべては乃亜の不躾《ぶしつけ》な言動に起因している。全方向へ悪態をつき続けてきた結果だ。

香月《こうづき》乃亜は、誰とも仲良くなる気がない。

それがこの一年A組における共通認識の、はずだった。

「……ふぅー」

一度、小さく深呼吸する乃亜。

カバンを自分の机に置くと、そのまま座らずに歩を進める。彼女が向かった先は……。

「神楽坂《かぐらざか》」

「え、あっ……」

ひとりで佇《たたず》み、遠巻きにあらゆる視線を受けていた神楽坂に、乃亜は話しかけた。

「昨日は、いろいろごめん」

神楽坂は乃亜が目の前に現れたことにも、その謝罪にも驚愕《きょうがく》していた。

「あ、いや、こちらこそ……」

「そっちが謝ることなくね？」

「いや、ビッチとか言っちゃったから……」

「あ、そうだ。ふざけんな誰がビッチだし」

「だからいま謝ったでしょ……」

周囲は奇異な目を向けているが、乃亜は平然。神楽坂はオドオドしつつも、会話をやめるつもりはないようだ。

「タクトくん、初対面なのにすごい遊んでくれたよ」

「タクトは誰にでもそうだよ。ヤツは人類皆友達マインドだよ」

「良い子だね。キャバリアだよね？」

「たぶんね。拾ったらしいから詳しくは分からないけど」

「そうなんだ。梶野《かじの》さんって良い人だね」

「キサマに何が分かる、神楽坂」

「香月さんを心配していたみたいだし。大事にされてるね」

「分かってるじゃん、神楽坂」

ごく自然なやり取りを続ける二人。それはまるで本当の友達のような雰囲気《ふんいき》だった。

しかし不意に、暗雲が立ち込める。

「いま私に話しかけてるのも、梶野《かじの》さんに言われたからなんでしょ?」

それは神楽坂《かぐらざか》なりの、冗談のつもりだった。

だが乃亜《のあ》はその言葉に、思いのほか動揺してしまった。

「えっ……いやそんなわけ……」

不自然な反応。神楽坂は表情を凍らせる。

「いや違うから、ほんと……」

「あ、あはは……そう、だよね」

結果として、ぎこちない空気が二人の間に生まれてしまった。

神楽坂はどこか悲しそうな顔だ。

そこへ、二人の間に割って入ってきたのは、神楽坂の親衛隊的な女子たちだ。

「神楽坂さんっ、数学の宿題やった?」

神楽坂が絡《から》まれていると思ったのか、彼女らは強引に乃亜を押しのける。

「あ、えっと、いや……」

突然の展開に、神楽坂は狼狽《ろうばい》していた。

乃亜をフォローすることも、彼女らの相手をすることもない、曖昧《あいまい》な態度の神楽坂。

それが乃亜にはむしろ、いっそう不快だった。

「…………」

「あっ、香月《こうづき》さん……」

乃亜は何も言わず、神楽坂から離れていった。


昼休み。授業が終わった途端に乃亜はスマホを持って教室を出た。

中庭のベンチにて、発信履歴の一番上にある名前をタップする。

「もしもし、どうしたの乃亜ちゃん」

昨日話したばかりだが、やけに久々に感じた梶野の声。乃亜の肩からふっと力が抜ける。

「カジさん……いま昼休みですか？」

「うん、そうだけど」

「すみません、ちょっと話したくて……」

「そっか。良いよ」

迷わず了承してくれた。それだけで、乃亜は瞳を潤《うる》ませる。

「アタシ……無理かもしれません」

「なにが？」

「友達の作り方、忘れちゃったかも……」

梶野は、その言葉の意味を深く聞かない。あるいは察したのかもしれない。

「全然器用に振る舞えないし。ウジウジ、オドオドしてるのを見るとすぐムカついて、態度に出ちゃうし……やっぱダメだアタシ。同い年の友達なんて、もう絶対できないかも……」

「そんなことないよ」

食い気味に、梶野《かじの》は否定する。

「それを言ったら僕も、乃亜《のあ》ちゃんにムカつかれるタイプだと思うんだ」

「……どういうことですか？」

「ウジウジ考えてしまう、面倒臭い人間ってこと。そんな自分が嫌になったこともあるよ」

「そうなんですか？」

「そうだよ。でもだからこそ、僕にはハッキリ言ってくれる人が必要だったんだ。『その態度がイラつく』とかズバッと言ってくれる友達がいて、助けられたって自覚あるよ」

「……そっか」

「だから乃亜ちゃんも、その子に思ってることをハッキリ言いなよ。器用にやろうとしてウソをつくより、そっちの方がよっぽど信頼されるよ。元々乃亜ちゃんは素直な子なんだから」

「素直？　アタシが？」

「素直だよ。思ったこと全部言って、感情もすべて表に出す。僕の前だといつもそうじゃん。そんな乃亜ちゃんがいるから、僕は毎日楽しいんだよ」

「っ……」

こんがらがった糸が静かにほぐれていくように、乃亜は理解する。

そう、そうだった。アタシはずっと、ありのままで良かったんだ。

自分を受け止めてくれる人を求めて、大人の男性に気に入られようと必死に猫をかぶっていたあの頃。でもカジさんと出会って、知った。飾らない自分でいることが、どれだけ幸せか。

だから、そんなカジさんが言うのだから、信じてみてもいいのかもしれない。

アタシの素直な、剝《む》き出しの、情動を。

「……カジさん、もうひとつお願い」

「なに？」

「ちょっとだけ、アタシに勇気をください」

「いいよ。好きなだけ持ってきな」

電話の向こうで何をしているのかは分からないが、梶野の「むーー」という声が聞こえる。

乃亜は思わず笑ってしまった。

「それじゃアタシは、アタシが思うようにやるね」

「うん、がんばって」

「でも、アタシけっこう過激派だからさ、うまくいかなかったらヤバいことになるけど、そうなったらカジさんのせいってことで」

「えっ」

一方的に電話を切った乃亜《のあ》。

そうしてひとつ深呼吸して、再び校舎へ足を踏み込んだ。

梶野《かじの》との電話を終えた乃亜は、早速教室に戻る。

まだ昼休みに入って間もないが、現場はなんとびっくり修羅場《しゅらば》と化していた。

「神楽坂《かぐらざか》さんが何したっていうのよ！」

「態度が気に入らないんだよっ、ちょっと目立つ顔立ちだからって！」

神楽坂を慕う女子の一団と、神楽坂を嫌うギャルの一団。

これまではジリジリした冷戦状態を続けていた双方。ついに鬱憤《うっぷん》が限界まで溜《た》まったか、まさにいま目に見えて対立していた。

「（これまた見事に、ガキのケンカだ……）」

乃亜はゲンナリ。正直、巻き込まれたくない。今まで通り傍観して見下している方が楽だ。

ただ、ひとつ気づいてしまった。

いまの神楽坂の状況は、中学の頃の自分にとてもよく似ている。自分を巡りクラスが対立。

その結果、乃亜は同年代の他者を信用しなくなった。

ならば、いま乃亜がすべきことは何か？

あの時、自分に必要だった存在は？

「痛っ、なに！」「ちょっとなんなのっ？」

乃亜に無理やり押しのけられ、対立する女子たちが怒りの声を上げる。

それらを無視し、乃亜は文字通りクラスの中心に立つ神楽坂に相対する。

「え、香月《こうづき》さん……？」

涙目でオドオドとしている神楽坂。そんな彼女へ乃亜がとった行動は――。

ぺしっ。

高いところにある頭を一発、はたいた。

「っ……！」

静まり返る教室。呆然《ぼうぜん》とする神楽坂。

真っ先に声を上げたのは、神楽坂を慕う女子たちだ。

「ちょっと何してるのっ、急に出てきて！」「神楽坂さんに謝ってよ！」

「あーあーうるさいなピーチクパーチク。このぼっちがムカつくからシバいただけだし」

オブラートに包む気もないド直球の回答。

神楽坂は「うっ……」とショックを受け、女子たちは余計に怒りを増幅させる。

「最低っ、何なのあんた！」

「神楽坂さんのどこがぼっちなのよ！　友達なら私たちがいるじゃない！」

「アンタらのどこが友達だよ」

乃亜《のあ》は鼻息の荒い彼女らへ、ひどく面倒臭そうな目を向ける。

「アンタらアレだろ。自分の推しアイドルが少しちょっかい出されただけで、敵のアカウントを炎上させて守った気になってる痛いファンみたいなもんだろ」

「いや長っ……ていうかそんなことないし！」

剥《む》き出しの口撃を受けて、女子たちは怒りの矛先を乃亜に変える。

しかし彼女たちからの猛烈な反論を受けても、乃亜は平然としていた。

「そんでアンタらみたいな痛いファンのせいでアイドルのパブリックイメージが悪くなって、別のところから反感を買うんだよ。そこにいる定期的にまつげを購入してる方々とかね」

「はあぁ何言ってんだし！」

「アンタだってつけま付けてんだろうが！」

「残念、ナチュラルで〜す」

今度は神楽坂《かぐらざか》を嫌うギャルたちまで煽《あお》る乃亜。無論彼女らも憤《いきどお》りを隠さず喚《わめ》く。

ここにきて、すべてのヘイトが一気に乃亜へ向いた。

「まぁアンタらはどうでもいいんだ。好きにやってよ。ただそっちでビビり倒してる男子たちのためにも、早めに終わらせなよ」

女の戦いを前に恐れをなし、教室の端で縮こまっている男子たち。めざとく見つけた乃亜の言葉にビクッと震えるのだった。

「用があるのはアンタだって言ってんじゃん、神楽坂」

乃亜は再び、神楽坂の前で仁王立《におうだ》ちする。

神楽坂は精悍《せいかん》な顔立ちにそぐわない、怯《おび》えた表情だ。

「神楽坂。自分を中心にこれだけ揉《も》め事が起きてるのに、まだ知らん顔してんの？」

「し、知らん顔なんて……」

「言いたいことがあるならハッキリ言いなよ。こいつらには、余計なことするなとか。こっちには、うるせぇアホギャルとか」

「そ、そんなこと……」

「言えないの？　昨日のアタシには、あんなにキレてたのに」

「え……」

「初絡《はつから》みのアタシにはビッチとか言えるクセに、こいつらには何も言えないの？」

目を伏せていた神楽坂が、顔を上げる。

神楽坂の瞳に映る乃亜には、昨日のような猛烈な怒りは見られない。先ほど他の女子たちに向けていた、小馬鹿にするような表情でもない。

どこまでもまっすぐな瞳で、神楽坂を見つめている。

「……だって」

すると神楽坂も呼応するように、変化を起こす。震える声で話し始めた。

「そんなことしたら……嫌われるから」

「……ん？」

乃亜《のあ》は数秒、考え込む。

「……いや嫌われてるじゃん、あの辺に」

乃亜はギャルたちを雑に指差す。

神楽坂《かぐらざか》は「うう……」と呻《うめ》きながらも、珍しく大声で反論した。

「嫌われないように振る舞った結果、嫌われただけだから！」

魂の叫びである。

教室全体から「お、おう……」という声が聞こえてくるようだ。

「私はただでさえデカくて目立つから、昔も男子から反感を買って……だからできるだけ目立たないように生きてきたの！」

「いや目立ってるじゃん、現在進行形で」

「目立たないように振る舞った結果、目立っちゃってるだけだから！」

「なんだこいつッ、ただのアホじゃねえか！」

「アホじゃないもん！」

スマートで華麗な容姿と相反する、脆《もろ》く気弱な内面。

そのギャップが神楽坂を苦しめた結果、自己主張の乏しい性格を形成したのだ。

今まで誰にも言えなかった、情けなくも人間臭い心の内。それを聞いて、神楽坂を王子様と慕ってきた女子たちはポカンとしていた。

対して神楽坂を嫌っていたギャルたちは、我が意を得たりとばかりに言い放つ。

「やっぱしょーもないヤツだったじゃん、神楽坂。香月《こうづき》なんかに暴かれて悔しいねぇ！」

ただし現状、それどころではなかった。

「そんなにアホのくせにっ、カジさんに気に入られてんじゃないよマインドぼっち！」

「香月さんと違って梶野《かじの》さんは良い人だから、私の気持ちも分かるんだよ！」

「昨日一回話しただけじゃんっ！　デ〇ゴス〇ィーニ『カジさんと仲良くなろう』創刊号を買ったくらいで、カジさんを理解したと思うなし！」

「そんなの買ってないけどっ？　そっちこそ分かった気になってるだけでしょ！」

「そんな訳ないんですけど〜〜？　定期購読中なんですけど〜〜〜？」

乃亜とサシでやり合うのに夢中で、神楽坂は周りに気を取られずにいた。

神楽坂も、実は乃亜に相当イラついていたらしい。

強烈な悪口を言ったつもりのギャルは蚊帳《かや》の外。呆然《ぼうぜん》としていたがすぐに憤慨《ふんがい》する。

「ちょっと聞きなさいよ！」「カジさんって誰なんだよ！」

ギャル二人がそれぞれ神楽坂と乃亜に突っかかった。

しかし両者とも、すぐに追いやられる。

「ごめん、いま忙しいからさ、後でもいい?」

ひとりは高身長の神楽坂《かぐらざか》による見下ろすような表情、しかもキレ長の鋭い目つきで睨《にら》まれた
結果「わ、分かったけど……」と言ってさっさと引き下がった。

「うっせ、オラァ!」

「ギャアッ!」

もうひとりは、乃亜《のあ》に普通に頭突きを食らっていた。

クラスが異様な雰囲気《ふんいき》に包まれる中、乃亜と神楽坂は二人だけの世界を展開する。

「しかもキサマ、タクトまで手なずけやがって……これ以上タクトのお友達を増やしたら、
あいつカジさんのこと忘れちゃうだろうが!」

「飼い主を忘れるなんてっ、タクトくんがそんなアホなわけないでしょ!」

「カジさんは最近忙しいから、散歩どころか家でも遊べてないんだよっ。だからこの前ついに
タクト、帰宅したカジさんを迎えにも行かなかったんだぞっ、ごはんに夢中で!」

「それは梶野《かじの》さんが悪いでしょ!」

「なんだとっ、カジさんの悪口を言うな——っ!」

二人のしょうもない諍《いさか》いは、ついには取っ組み合いにまで発展。

そこでタイミング悪く、教師が廊下を通りかかった。

「おいっ、おまえら何してんだ!」

そうして乃亜と神楽坂はいがみ合ったまま、そろって生活指導室へ連れて行かれる。

神楽坂派と反神楽坂派の対立など遠い昔の話。教室に残された女子たちは、唖然《あぜん》と二人の背中を見送るのだった。


昼休み終了直前。お叱《しか》りを受けた二人はトボトボと教室へ戻る。

「……私、生活指導室なんて初めて入った」

「生活指導処女、卒業おめでとう」

「嬉しくない……」

もはや乃亜と神楽坂の声には力が無かった。

乃亜の口からはボソボソと恨み節が湧《わ》いて出る。

「お腹すいた……アンタのせいでお昼食べ損ねたんですけど」

「なんで私のせいっ……あぁもう、無駄にエネルギー使うのやめよう」

再び二人を包む沈黙。

不意に、神楽坂があちこち視線を泳がせたのち、くぐもった声で尋ねた。

「……放課後、ファミレスとか行く？」

乃亜は「……んぁ」と要領を得ない返事をした。

本日もまた、梶野《かじの》はタクトを連れて土手を歩いていた。

「タクト、おまえの飼い主は俺だぞ。おまえの苗字《みようじ》は梶野なんだぞ。忘れてくれるなよ」

飼い犬へ必死に語りかける梶野。タクトは「たかだか二日、散歩してるくらいでねえ?」と挑発的な顔をしていた。

ふと、正面から見覚えのある二人がやってきた。

男女ほどの身長差がある女子高生二人。タヌキ顔のギャルと、キツネ顔の王子。

じゃれ合っているようにも見えるし、いがみ合っているようにも見える。おかしな雰囲気《ふんいき》の二人は、共にたい焼きを食べているようだ。

二人が梶野とタクトに気づくまで、時間はかからなかった。

ギャルは真っ先に、満面の笑みで駆け寄ってくる。

「カジさんっ、カジさんカジさんカジさんっ!」

整然とした言葉よりも先に、猛烈な思いで溢《あふ》れ返っていた。

「乃亜《のあ》ちゃんおかえり。神楽坂《かぐらざか》さんと仲良くなれたみたいだね」

「な、仲良くなってなんかないし……」

この期《ご》に及んで素直にはなれないらしい。

「梶野しゃん、こんにちは」

「こんにちは。相変わらず噛《か》んでるね。乃亜ちゃんと遊びに行ってたの?」

「はい。ファミレス行って、その後たい焼きも。いろいろお話ししまして……」

「ええいっ、みなまで言うな神楽坂っ、タクトと遊ぶぞオラ――――っ！」

「あっ、ずるい！」

乃亜の激しい照れ隠しが発動した結果、二人はタクトを連れて河川敷へ走っていく。

その後ろ姿にさえ、青春の二文字が梶野の頭に浮かんでいた。

「……あっ」

ふと、そんな乃亜のスカートのポケットから何かが落ちた。

「乃亜ちゃーん、スマホ落としたよー」

「わーほんとだっ、カジさん持っててーっ！」

仰《おお》せの通り拾い上げた、その時だった。突如《とつじょ》スマホが振動する。

それは、ほんの一瞬。

けして悪気はなかった。だが梶野は、見てしまった。

通知によって表示された、メッセージの差出人。そして本文の一部を――。

『吉水《よしみず》さん：乃亜ちゃん、久しぶり。よければ今度また……』

第三章 乃亜の願い

第十五話 香月乃亜はとにかく嗅ぎたい 嗅ぎ自粛編

定期試験、終業式を終え、やってきた夏休み。

日中の街を浮かれた学生らが闊歩《かっぽ》する中、神楽坂《かぐらざか》とファミレスでランチを共にする乃亜《のあ》は、ひどく深刻そうに吐露《とろ》した。

「カジさんに、変態だと思われたかも……」

神楽坂はメロンソーダをすすったのち、一言。

「……いまさらじゃない？」

「そんなことねえし、フザケんなし神楽坂」

乃亜に一体何があったのか。彼女は自ら説明し始めた。

これは、昨晩のことだ。

夕食を終えた乃亜は、ポケットに入っている梶野《かじの》のパンツを巡り、頭を悩ませていた。

「ちょっと待って、イントロからおかしい」

「まぁ待て神楽坂。聞いていれば分かるから」

「本当に……？」

実は夕食前、梶野はベランダから取り込んだ洗濯物を、一旦ソファへ放っていたのだ。

そして食後に梶野はタオルなどを畳むと、まとめて脱衣所へ持っていく。そこで問題は起きた。トランクスを一枚置いていってしまったのだ。

気づいた乃亜は「あっ」と思い、とっさに自身のポケットにしまった。

「いや盗んでる！　あっ、じゃないよ！」

「聞けって神楽坂。論点はそこじゃないから」

「もう現時点で立派な変態なんだけど……」

ただそこで、良心の呵責《かしゃく》に襲われる。さすがに下着ドロはマズいだろう、と。

悩んだ結果、乃亜はポケットから取り出したトランクスを一度嗅《か》いだのち、返すことに。

「嗅いだっ、やっぱり嗅いだっ！」

「でも洗濯の後で柔軟剤の匂《にお》いしかしなかったから、ノーカンだよね」

「そんなルールないよっ、パンツ嗅いだ時点で人としてアウトだよっ！」

だがここで、乃亜は重大なミスを犯す。

興奮のあまり手が滑り、パンツが食卓に落下。あろうことか刺身用に並んでいた醤油皿《しょうゆざら》に落としてしまったのだ。乃亜は慌てて箸でパンツを摑《つか》み、救出する。

「なんで箸で……？」

「そこは育ちが出たよね。皿のものを手で摑んじゃいけないって、とっさに思って」

「いや普通にマナー悪いし、パンツ盗もうとした段階で育ちも何もないと思う……」

被害を最小限にとどめ、一安心の乃亜《のあ》。

しかし、ふと感じた視線。戻っていた梶野《かじの》が、ゾッとした表情で乃亜を見つめていた。

彼が見たのは、ＪＫが醤油《しょうゆ》の染み込んだパンツを箸で摑《つか》んでいる、そんな光景。

それはまるで――。

「絶対、パンツを醤油につけて食べようとしていると思われた～～っ！」

泣きわめく乃亜。それが冒頭の「変態だと思われた」発言に繫《つな》がるわけだ。

対する神楽坂《かぐらざか》は、冷ややかである。

「そこに至るまでにもう十分、どこに出しても恥ずかしくない変態だったよ」

「レベルが違うよっ。だって醤油でいくんだよ。そのまま食べるよりも更に先にいっちゃってるじゃんっ。パンツで白飯いこうとしてるじゃん！」

「知らないよ、変態『食パン』の世界……」

呆《あき》れながらも神楽坂は、ひとつ助言する。

「ネガティブなイメージを払拭《ふっしょく》したいなら、当分は大人しくしていれば？」

「大人しく？」

「向こう一週間は嗅《か》がない、とか」

乃亜は「むぅ……」と口を尖《とが》らせる。熟考したのち、声を震わせながら尋ねた。

「……三日間でもいいかな？」

「好きにしなよ」


嗅がない。それは乃亜にとって、アイデンティティの喪失にほかならない。

我嗅ぐ、ゆえに我あり。

嗅げない乃亜はただの豚だ。ぶひぃ。

だがこのままでは一生、変態食パン（醬油味）だと梶野に思われてしまう。

そこで当面の嗅ぎ自粛宣言を発令。嗅ぎを求めないことを、乃亜は心に誓った。

「ぶ、ぶひぃぃ……っ！」

だが残酷な運命は、乃亜に試練を与えていた。

目の前にいるのは、ＶＲゴーグルをつけてゲームに夢中の梶野。

すべての始まりは、数十分前のこと。珍しくハイテンションで帰宅してきた梶野。その手には家電量販店の紙袋があった。

「ＶＲゴーグル買っちゃった。結構いいヤツ」

梶野はすぐさま装着し、シューティングゲームをプレイし始める。

「うおーすごいっ、怖っ！」

興奮しているせいか、彼は気づいていなかった。

視界を仮想現実に奪われ、音もヘッドホンで遮断。意識が完全にゲームへ向くこの状態。

「60分嗅《か》ぎ放題2980円かよ……っ！」

乃亜《のあ》のツッコミにタクトは「何言ってんだこいつ」といった顔をしていた。

つまりはそれだけ、いまの梶野《かじの》は無防備なのだ。

普段の乃亜なら、気づかれるかどうかのスリルを存分に楽しみながら嗅ぎ倒し、梶野の財布にこっそり三千円を入れ、二十円を回収しているところだ。

「ぶ、ぶひぃ……っ！」

だが現在は嗅ぎ自粛宣言が発令中。乃亜は目を血走らせながら、唇を噛《か》み締めながら、我慢していた。

「ふー暑い暑い」

すると梶野が期せずして、更なる追撃。

半袖ジャケットを脱ぐと、ポーンッと無造作に放った。

「……ッ！」

一日中着ていたであろう、梶野の匂《にお》いが染み込んだジャケット。それがいま、どうぞ拾ってくださいとばかりに落ちている。

普段なら暴走した初○機のように、四つん這《ば》いになりながらジャケットに這い寄って嗅ぎ散らかしていたところだ。

だが現在は嗅ぎ自粛宣言が発令中。

「ぶひぃぃぃッ！」

それはもはや悲鳴だ。魂の叫びだ。それでも乃亜は、耐え続けた。

欲望をごまかすためにタクトを抱きしめ、タクトを嗅ぎ続けた。「いやなんか怖いっす！」と異変を察知したタクトは逃れようとするも、乃亜はけして離さなかった。

梶野がゴーグルを外し、充実感でいっぱいの顔で乃亜に告げる。

「ふ～すごかった。乃亜ちゃんもやる……」

不自然に言葉を止めた梶野。昨日に続き、ゾッとした表情を浮かべる。

それもそのはず。仮想現実から戻った彼の視界にはいま、目を血走らせ、ヨダレを垂らしながら、逃げないよう必死にタクトを摑《つか》まえているＪＫがいた。

それはまるで――。

「絶対、タクトを食べようとしていると思われた……」

「…………」

深く憐《あわ》れむ神楽坂《かぐらざか》であった。

◇◆◇◆

ＰＣがシャットダウンしたことを確認し、梶野《かじの》は席を立つ。

「それじゃ、お先ね」

「はーい……あ、梶野さんちょっと」

呼び止めると、日菜子《ひなこ》は熱の入った口調で進言する。

「梶野さん、今日は帰ったらすぐに着替えてくださいね」

「え、何で？」

「決まってるでしょう。スーツだからです」

冗談を言っている表情ではなかった。

本日の梶野の装いは、ビジネススーツ。午前中に取引先との打ち合わせがあったのだ。

「もしも梶野さんのスーツ姿を、乃亜《のあ》ちゃんと愉快な仲間たちが見てしまったら、きっとただでは済まないでしょうからね」

「そんな大げさな……」

笑い飛ばそうとしたが、梶野の脳裏をある記憶がかすめる。

『ちょっとやだなんでっ、なんでカジさんスーツなの――っ？　やだやだカッコいい――っ、ひゅーポンポーン、イケメーン、メンイケ――っ！』

乃亜は先月、梶野のスーツ姿に正気の沙汰《さた》とは思えないほど興奮していた。

日菜子の言うことは、あながち間違いではないのかもしれない。

「でも、愉快な仲間たちは別に……」

「スーツパワーを甘くみてはいけませんよ。梶野さんは普段あまり着ないからギャップ萌えまでも駆使しているんです。これは非常に危険な状態です」

「そんなバカな……」

かくいう私もいま現在、太ももを強烈につねることで何とか耐えている、とは言えない日菜子であった。

「そうだ、これを」

日菜子が手渡したのは、手のひらサイズの薄い箱。名刺入れのようにも見える。

「もしも本当に大変な時は、これを開けてください。きっと梶野さんを助けてくれます」

「ド○えもん……？」


帰宅すると、玄関には女の子用の靴が一足。

リビングにいたのはえみりだった。勉強中のようで、テキストに目線を落としたまま「おかえりー」と告げる。

「（チャンスだ……乃亜ちゃんがいない間に着替えちゃおう）」

えみりの背後を通過しようとした、その時だ。

「そうだ了《りょう》くん、お父さんが……」

えみりは振り向いた瞬間、握っていたシャーペンをポトリと落とす。

「ど、どうした?」

「……いや、別に」

じ——っ。

曖昧《あいまい》な返答の代わりに、熱い視線を向けるえみり。

「(すっごい見てる……)」

梶野《かじの》は「の、喉《のど》が渇いたなぁ」と言って逃げるようにキッチンへ向かった。

「(まさか花野《はなの》さんの言う通り……いやえみりに限ってそんな……)」

一度心を落ち着けようと、麦茶を口に傾ける。

ふと、視界の端に何かが映った。ゆっくり顔を向けると……。

じ————っ。

えみりが物陰から半身を出して、梶野を見つめていた。

「……えみり、どうした?」

「……いや、スーツ、どうしたの?」

「今日だけ、ちょっとな」

「ふーん」

会話を終えても、リビングに戻っても、えみりは無表情で梶野を凝視《ぎょうし》している。

今度こそ、と思って何度もえみりの方を見るが、絶対に目が合う。

「（いや怖っ。姪《めい》っ子が怖っ。どういう感情……？）」

そこで梶野は初めて、一匹の大きな存在感が家から消えていることに気づいた。

「そういえばタクトは？」

「乃亜《のあ》ちゃんと神楽坂《かぐらざか》ちゃんと散歩。もうすぐ帰ってくると思う」

まさにその時、帰ってきたのは神楽坂とタクトだ。玄関から彼女の声が響く。

「えみりちゃーん、タクトくんの足拭《ふ》くの手伝ってー」

言う通りえみりは、最後まで梶野から視線を外さないまま、神楽坂の元へ向かった。

玄関から二人の会話が聞こえてくる。

「乃亜ちゃんは？」

「一回、自分ちに行ったよ。なんか映画のＢＤ取ってくるって」

タクトを先頭にえみり、そして神楽坂がリビングにやってきた。

「梶野しゃん、お邪魔《じゃま》してます」

神楽坂は相変わらず、梶野に対しては噛《か》みまくっている。

梶野家に来る機会は少ないが、夏休みに入ってからも土手などで何度か顔を合わせている。

それでもまだ緊張しているらしい。

「あ、スーツなんですね」

神楽坂《かぐらざか》もそれに気づいたが、えみりほどの異変は見られない。

えみりはその間もずっと、何をすることもなく、無言で梶野《かじの》を見つめている。

「あ、あの梶野しゃん……せっかくなんで写真撮ってもいいですか?」

神楽坂はおずおずと言って、頬《ほお》を染めていた。彼女にしては珍しいお願いだが、写真くらいなら何の問題もない。梶野は快く了承した。

「それじゃ……見下すような感じで、こっちを見てもらっていいですか?」

「……ん、見下す?」

「はい。私のことを役立たずの新米使用人だと思って……」

おっと、雲行きが怪しくなってきたぞ。

「こ、こう?」

「あ、良い……しゅごく良いです。そうだ、メガネ。メガネかけてもらって良いですか?」

神楽坂はカバンから、自前の黒縁メガネを取り出した。

梶野は言われた通り装着するも、神楽坂は何故《なぜ》か不満げ。

「あぁ、ブルーライトカットで変に反射して……すみません、ちょっと貸してください」

再び梶野からメガネを受け取ると、神楽坂は何の躊躇《ちゅうちょ》もなく……。

ペキッペキッ!

「えぇぇ!」

なんと親指でレンズを強引に押し外した。これには梶野も仰天《ぎょうてん》。

「え、ちょっ……良いの？」

「また買うんで。ホントは度なしレンズの方がリアリティあって良いんですけどね」

「リアリティって、何の……？」

再び撮影開始。神楽坂から指示が飛ぶ。

「心底憎らしく私を見てください。私にお仕置きする数秒前みたいな感じで」

「神楽坂ちゃん、なんか急に噛《か》まなくなったね……？」

「はぁはぁ……舌なめずりとかしてみましょうか……私の恥体を想像するかのように……」

「いや小学生いるから！　言葉選んで！」

男嫌いの神楽坂だが、別の次元ではそうでもないらしい。

えみりだけじゃなく、神楽坂までスーツ姿にやられてしまった。

日菜子《ひなこ》の予感が的中した。この状況は非常にマズいと、梶野の中で本能が訴えかける。

もしここに、乃亜《のあ》が加わってしまえば……。

「いやー暑いね暑いねーっ！」

玄関から乃亜の陽気な声が響く。

「この映画マジで鬼ったけ面白いんだよー。だからカジさんが帰ってきたら、みんなで一緒に観ぶひぃぃぃぃぃぃッ！」

「わぁぁぁぁ！」

突如《とつじょ》として梶野《かじの》に襲いかかるギャルの形をした邪鬼《じゃき》。

それを見て神楽坂《かぐらざか》は「そうか」と呟《つぶや》く。

「乃亜《のあ》、ずっと嗅《か》ぎ自粛中だったから……嗅ぎ欲求が溜《た》まった状態でスーツ姿なんて見たら、バーサーカー化するのも無理ないです」

「何言ってるのっ？」

梶野は三人から距離を取りつつ、一言。

「そ、そろそろ着替えようかなぁ……」

「ダメだよ了《りょう》くん！」

「許しません！」

「ガッ……グォ……ダ……メ……」

えみりと神楽坂と人の形をしていない何かはすぐさま回り込み、梶野の進路を妨害。そしてじりじりと梶野との距離と詰めていく。

「ひ、ひぃ……なんでこんなことに……」

スーツを着ているからである。

絶体絶命の状況。そこで日菜子《ひなこ》との会話を思い出す。

『もしも本当に大変な時は、これを開けてください。きっと梶野さんを助けてくれます』

藁《わら》にもすがる思いで、梶野はポケットから例の箱を取り出し、開いた。

そこに入っていたものは――。

『ガールズバー・ボルボックス　HINA（また来てね♡）』

ピンク色のケバケバしい紙。

どうみても、いかがわしいお店の女の子からの名刺であった。

「「「…………」」」

それを見た三人の少女は、あっという間に正気に戻っていく。

それどころか、蔑視《べっし》の目さえ向けていた。

「……了くんも、こういうところ行くんだね」

「男なんて、やっぱり現実の男なんて……」

「……いや、アタシは別に男の人がこういう店に行くのは……まぁ、うん」

物理的なだけでなく、心の距離も離れていく三人であった。

「効いたでしょう。百年の恋も冷める、いかがわし名刺バリアー。ふざけて作ったヤツがこんなところで役に立つとはー」

電話の向こうの日菜子は、とても愉快そうだ。

「効きすぎだよ……あの時の三人の目は、一生忘れられないよ……」

「私から三人にネタバラシしておくんで、安心してください」

最後に、日菜子《ひなこ》はいたずらっぽく告げるのだった。

「もし本当にガールズバー行くときは、私も連れて行ってくださいね」

「行かないよ、絶対……」

第十六話　大人だから

梶野《かじの》にはここ数日、モヤモヤしていることがあった。

吉水《よしみず》さん問題だ。梶野はその名を過去に二度、見聞きしている。

初めは先月、乃亜《のあ》がハイボールを口にして酔っ払った時だ。パパ活に関してふわふわとした口調でこう語っていた。

『吉水さんは優しくて……前は、吉水さんに助けられてたところもあって……』

二度目はつい数日前。期せずして見てしまった、乃亜のスマホのメッセージ通知。

『吉水さん：乃亜ちゃん、久しぶり。よければ今度また……』

乃亜が現在もパパ活をしているかどうか、ハッキリとは分からない。

ただ、酔っ払った時にはもうしていないと言っていた。このメッセージを見ても、彼とは長らく会っていないことが分かる。実際毎日のように梶野家にいるのだから事実だろう。

察するに吉水さんとは、パパ活をしていた頃の乃亜のお得意様だ。

おそらくだが、その彼からのお誘い。

梶野はモヤモヤしていた。

吉水さんのこと、一度きちんと聞いておきたい。会おうとしているのなら、なおさら。

だが……スマホの通知を見ちゃって、と言うのはアレではないだろうか。気持ち悪いと思われてしまうのではないだろうか。

彼氏ヅラかよ、と。おじさん何なの、と。

「(乃亜ちゃんに気持ち悪いと思われるのが、怖い……っ！)」

梶野は、色々な意味で葛藤《かっとう》していた。


夕食を終え、まったりした空気の梶野家。

梶野と乃亜、そしてえみりはそれぞれリラックスした様子だった。

「さて、僕はそろそろ仕事するよ」

梶野が立ち上がると、乃亜は呼応するように伸びをする。

「んじゃ、アタシも帰ろっかな」

乃亜はバッグを肩にかけて立ち上がる。しかし、えみりが呼び止めた。

「乃亜ちゃん、財布忘れてる」

「おおう危ない。えみり先生ありがとうの民〜。カジさんにペロペロされるところだった」

「ははっ、参ったなこりゃ」

「雑〜、カジさんのアタシへの対応が雑になってるゾ〜」

乃亜へ財布を手渡そうとした時だ。何か神妙な顔のえみりが、まっすぐな瞳で尋ねた。

「ねえ、乃亜《のあ》ちゃん」

「なに？」

「乃亜ちゃんって、パパ活とかやってるの？」

パッキーンッと、空気が凍った。

乃亜だけでなく、デスクに向かおうとしていた梶野《かじの》も、全動作を停止させる。

「な、なななに言ってるのえみり先生ッ？」

乃亜はえみり、そして梶野へと交互に目を向けながら狼狽《ろうばい》する。

対してえみりは冷静に、見解を述べた。

「だってそのお財布、ブランド物でしょ。コスメもいっぱい持ってるじゃん。でもお小遣いはそんなに無いって言ってたよね。ほとんど毎日ここに来てるなら、バイトだってできないでしょ。なら、そういう可能性もあるかなって」

「（名探偵……姪《めい》探偵ぃ……）」

「あと何より乃亜ちゃん、ギャルだし」

「（偏見がすごい姪探偵ぃ……）」

姪っ子の名推理に、梶野は大いに感心していた。

乃亜はというと、かなり動揺していた。様子を窺《うかが》うように梶野を見つめる回数も増える。

「や、ややややってないし！　やってないですからねカジさん！」

ついには梶野に直接語りかける始末。そうして吐き出た、決定打となる一言。

「ほんとにほんとにっ、アタシはもう……」

「もう？」

「……あ」

ベタベタな墓穴の掘り方に、梶野は頭を抱えるのだった。

乃亜がパパ活をしていたことがバレた以上、梶野と出会った経緯についてもごまかす必要はない。乃亜と梶野は何故《なぜ》か並んで正座すると、えみりへこれまでのすべてを告白した。

パパ活という概念そのものが小学生には刺激が強いと考えて隠してきたわけだが、えみりは表情を変えることもなく黙って聞いていた。

「……そんなわけで、タクトの散歩をするようになったのです」

乃亜が最後にこう締めると、えみりは目を細め、しばし沈黙。

開いた口から出たのは、大きなため息だ。

「なんかさ、ツッコミどころが多すぎて、もうメンドくさいな」

「すみません……」

「この際パパ活の良し悪しは置いておくとしても……まずさぁ、パパ活相手の車で家の前まで送ってもらうって、どうなってるの危機管理。危機管理マインド」

「いやでも、悪い人じゃないから……」

「たった数回会っただけで、そんなこと分からないでしょ。何年生きてるの？」

「十五年です……」

「しかもそれを見られてたからってさ、ほぼ初対面の人に『何でもする』とか言う？　了《りょう》くんだったから良かったけど、それ普通にエロ漫画の王道イントロだからね？」

「エロ漫画の王道イントロ、ですか……」

エロ漫画の王道イントロ。

小六の姪《めい》から発せられた表現に、梶野《かじの》は形容できない感情に襲われた。

「それに、了くんもだよ」

「え、はい（エロ漫画の王道イントロ？）」

「脅迫してたところを人に見られてたら、大変なことになってたんだからね」

「あ、そうだね（王道ってなんだ……？）」

「乃亜《のあ》ちゃんを更生させるためとはいえ、もっと考えて行動しないと」

「あーうん（邪道もご存知なのか……？）」

「聞いてるの了くん！」

それでもえみりはひとつ、それまでとは違う意味のため息を漏《も》らす。

「まぁでも、これでスッキリした」

「スッキリ？」

「二人にしか分からない変な絆みたいなものがあるなって感じてて、気になってたからさ」

「「………………」」

そうはっきり言葉にされると、恥ずかしいものだ。

乃亜と梶野は顔を見合わせたのち、お互い逃げるように目を逸《そ》らした。

「それで乃亜ちゃん、話を戻すけど、いまはもうパパ活やってないの？」

「それはほんとにやってないっ。財布とかコスメは、パパ活をやってた頃に貯めたお金で買ったものだからっ。信じてくださいカジさん！」

「分かった分かった」

おかしな展開ではあったが、乃亜の口からそれを聞けたのは僥倖《ぎようこう》である。

あと知りたいのは、吉水《よしみず》さんについて。

「……ちなみに前のパパ活相手とは、会わないにしても連絡を取り合ったりはしてるの？」

少し卑怯《ひきよう》だとは思いながらも、梶野はこの流れを利用して尋ねる。

すると乃亜は、わずかに言い淀《よど》んだのち、ハッキリと答えた。

「ないよっ。もう連絡も来てないから！」

刹那《せつな》、梶野は喉《のど》をキュッと絞められたような感覚に襲われた。

「……そっか」

それがウソなのだと、梶野は知っている。

人のスマホの通知を見るという、情けなく姑息《こそく》な方法によって。

何故《なぜ》、吉水《よしみず》さんから連絡があったことを隠すのか。それはもう分からない。

ただひとつ。乃亜《のあ》に、ウソをつかれた。

この事実だけが、梶野《かじの》に小さくないショックを与えていた。

◇◆◇◆

だからこそ翌日の駅からの帰り道、目撃したとある光景に、梶野は息を忘れそうになる。

乃亜との始まりの日にも目にした、真っ赤な輸入セダン。

その傍《かたわ》らで乃亜は、四十代後半ほどの男性と仲睦《なかむつ》まじげに話していた。

「っ……」

梶野の背中に冷や汗が伝う。

それは二か月ほど前、乃亜との関係が始まった日に見た光景と酷似《こくじ》していた。

乃亜と四十代後半の男性は笑顔を浮かべ会話していたが、梶野が確認してからものの数秒で彼は車に乗り込み、エンジン音を立てて走り去っていった。

その姿が見えなくなるまで手を振っていた乃亜。

「……えっ」

梶野の存在に気づくまで、さして時間はかからなかった。

「ち、違うよッ！」

叫ぶような第一声。その表情はみるみるうちに青ざめていく。

初めて出会った日も同じように、動揺を表情に映していた乃亜。しかし今回はその意味も、事の重大さも、彼女にとっては大きく異なっている。

「いま急に連絡があって……で、でもそういうアレじゃなくてっ……」

頭の中でまともに整理できぬまま話をしているのだろう。乃亜は過呼吸のように息が荒く、目には涙が溜《た》まっていく。

「カジさん信じてっ、ほんとに……」

「分かった乃亜ちゃん。大丈夫、大丈夫だから一回落ち着いて」

「うぅ……」

このまま部屋に入り、鬱屈《うっくつ》した空気を充満させるのは心に毒だろう。梶野は乃亜を外で待たせたまま、タクトを連れてきて共に散歩することにした。

夕焼け空の下、河川敷を歩く二人。

赤く染まる入道雲は、世界を飲み込んでしまいそうなほど美しく、恐ろしい。

乃亜は無言でうつむきながら、梶野の少し後ろを歩いていた。タクトも二人の異変に気づいているのか、チラチラと乃亜の方を振り向いている。

「さっき、家にいたらメッセージが来たんだ……前によく会ってたパパ活相手の人から」

幾分か冷静になった乃亜《のあ》は、ポツポツと話し出す。

「プレゼントがあるから、直接渡したいって。ウチの近くまで来てるからって……」

「え……」

「ずっと会ってなかったから驚いたんだけど、前は良くしてくれた人だから断りづらくて」

梶野《かじの》は少し、違和感を覚えた。

二か月会っていない女子高生へプレゼントを渡すために、家の近くまで来るという行為。

けして口にはしないが、梶野の中では彼に対し漠然と、ネガティブな感情が生まれた。

「その人は……良い人なんだね」

本音は隠した上で出した抽象的な感想。乃亜は大きく頷《うなず》いた。

「他のおじさんたちは、ただ職場とかの愚痴《ぐち》を言いたいだけだったり、体目的の人ばかりだったんだ。でもあの人はアタシの話をいっぱい聞いてくれて、アドバイスとかしてくれたから」

中学での事件や家庭不和のせいで、完全に孤独だった乃亜。

話を聞いてくれるだけでも、彼女にとっては大切な存在だったのだろう。

「パパ活だと、おじさんに気に入られるために良い子を演じなきゃいけないって、前に言ったでしょ。あの人の前でだけは、そうする必要もなくて。でもホントに今まで会ってなかったんだよ。だって、カジさんがいるから……」

頬《ほお》を染める乃亜は、上目遣いで見つめる。

だが、梶野の中のモヤモヤは晴れない。

「(新たな拠《よ》り所《どころ》になった、って言うと意地悪だけど……でも、そういうことだよな……)」

いくら話を聞いても、乃亜の言い分を理解しても、梶野の心は複雑なまま。

犬は人間同士の空気を不思議なほど、よく察知する生き物だ。タクトは「楽しい散歩中ですよっ、なんですかこの雰囲気《ふんいき》は！」といった顔で何度も振り返り、抗議している。

「(もう吉水《よしみず》さんと会わない方がいいって、言うべきだよな……)」

そう思っていても梶野が躊躇《ちゅうちょ》している理由は、それがどの立場からの忠告なのか、明確な答えを見つけられていないから。

つまり、梶野は乃亜の何なのか？

『もっと、迷惑かけるかもしれませんよ？』

『大人だから大丈夫』

ふと頭に蘇《よみがえ》った、こんなやり取り。

一か月ほど前、梶野と乃亜が仲違《なかたが》いしかけた際に交わした会話だ。

大人だから。

「(我ながら曖昧《あいまい》な言葉だけど……でも、その通りだろう)」

隣の家に住む、大人だから。

道を踏み外しかけている少女がいれば、たとえそれが他人でも注意すべき。そんな感情から始まったのが、乃亜《のあ》との関係だった。なら、変わらずその感覚で伝えればいい。迷うことなんてないじゃないか。

「あのさ、乃亜ちゃん。お節介かもだけど……」

――でもそれなら、梶野《かじの》と乃亜の関係は、二か月近くも変わらないままなのか？

――乃亜にとって梶野は、その他大勢と同じ『ただの大人』でしかないのか？

「吉水《よしみず》さんとは、もう……」

「え……？」

乃亜は目の色を変える。その瞳を見て、梶野は自身の失言に気づいた。

「なんで、カジさん……吉水さんの名前、知ってるの？」

乃亜がその発言の不自然さに気づかないわけがない。

梶野は過去に二回、その名前を見聞きした。だがそのどちらも、乃亜の記憶にはないのだ。

「それは……」

梶野はまず、どうごまかすか思案した。

だが乃亜の強く真剣な瞳を前にして、ついには頭が巡らなくなった。

「……ごめん。実は、乃亜ちゃんに隠していたことがあるんだ」

梶野はすべてを告げた。乃亜の記憶にはもうない、酔っ払った時の発言。そしてつい先日、期せずして見てしまったスマホの通知。

乃亜の顔から徐々に血の気が引いていき、ボロボロと落涙し始める。

「ごめん乃亜ちゃん……勝手にメッセージ読むなんて最低な行為……」

「っ……ち、違うっ……」

ただその涙の意味は、梶野の想像とは異なっていた。

「通知っ……見られてショックなんじゃなくてっ……アタシのウソをっ……」

「……ウソ?」

「っ……ご、ごめんなさいっ……」

「乃亜ちゃん!」

答えを示さぬまま、乃亜は走り去っていく。

追いかけなきゃダメだ。直感的にそう思った梶野は、タクトと共に走り出す。

しかし……アラサーの体力の衰えとは無情なもので。

「(高校生、速っ……!)」

みるみるうちに小さくなる乃亜の背中。梶野はついには脇腹を押さえながら足を止める。

タクトだけがそのまま乃亜を追いかけようとし、リードに阻《はば》まれた。タクトは「いや体力なさすぎじゃないですか……?」といった顔で振り返る。

そうして再び乃亜の背中を見つめて、クゥーンと鳴いていた。

「それで、乃亜《のあ》ちゃんが来なくなって三日になるわけだ?」

「はい……」

ソファに座り、犬を撫《な》でながら見下ろす姪《めい》と、正座する叔父《おじ》。

女王と下僕のような構図である。

「連絡はしてないの?」

「電話は出てくれない。でもメッセージを送ったら『少し頭を整理したいので……』だって」

えみりは大きなため息をつく。

「なんでその吉水《よしみず》さんって人のこと、もっと早く乃亜ちゃんに聞かなかったの。パパ活の相手だって分かってたんでしょ?」

「それは……スマホの通知を見ちゃったっていうのが、気持ち悪がられるかなって」

「故意じゃないなら別にいいでしょ」

「それに、そこまで踏み込んで良いのかなって。乃亜ちゃんにとってはよくしてくれた人らしいし、僕が干渉するのはどうなんだろうなって」

「………」

ジトっとした目で梶野《かじの》を見るえみり。もはや呆《あき》れ果てていた。

「つまりこうでしょ。了《りょう》くんが乃亜ちゃんの今カレで、吉水さんが元カレだとして……」

「いやいや……」

「例えばだから、いいから聞いて。彼女のスマホに元カレから『会いたい』と連絡が来ました。今カレのあなたはどうしますか。はい答えて」

「えっと……彼女がどうしたいか聞いた上で、できるだけ意見を尊重するかな」

「いや大人か！」

「大人だよ……アラサーなんだよ……」

「乃亜ちゃんくらいの年だったら、一も二もなく止めてもらいたいに決まってるじゃん！」

「いや……そもそも別に僕は乃亜ちゃんの彼氏でもないから……」

口答えをした途端、えみりは鬼の形相でティッシュ箱を掴《つか》んで振りかぶる。が、彼女は腕を下ろしたかと思うと、脱力するようにうなだれた。

「了くんがどう思おうと勝手だけど、これだけは言えるよ。了くんがもっと前に会っちゃダメって言わなかったせいで、吉水さんの方もまたその気になっちゃったよ」

「え……」

「そりゃそうでしょ。乃亜ちゃんがプレゼントを受け取りに来た時点で、まだ気があるなって思うでしょ、普通。もしも了くんが忠告していれば、乃亜ちゃんも行かなかっただろうし。了くんがウダウダしてるせいでまた動き出しちゃったんだよ」

「…………」

えみりのストレートな意見に、梶野《かじの》はぐうの音も出なかった。

「だいたい、乃亜《のあ》ちゃんとずっと一緒にいたら分かるでしょ。乃亜ちゃんは干渉されて嫌だと思うタイプじゃないよ」

「そうかなぁ……」

「了《りょう》くんはもう一歩、人の心に踏み込めないよね。だからモテないんだよ」

「うぐ……」とボディブローを食らったような声を漏《も》らす梶野。

そして何故《なぜ》かえみりはにこやかだった。

「やっぱり了くんは、私がいないとダメだね」

「だなぁ……えみりが彼女だったら、もっとしっかりしてたかもなぁ」

「うふふ（ごめんね乃亜ちゃん。乃亜ちゃんが『元カレ』と近づいてる間に、私も『元カレ』と近づいちゃったかも）」

えみりの元カノ感を形成する一因に、梶野による無意識の思わせぶり発言があるのは、言うまでもない。

「かわいそうなのはタクトだよ。あれから散歩行けてないんでしょ？」

「ちょうどいま仕事も立て込んでて……連れて行けてないんだ」

「私が連れて行ってあげたいけど、もう夜だから出歩けないし……」

タクトは「ほんとですよ。もう三日も散歩に行ってませんよ。大変なことですよこれは」といった不満げな顔でソファの上から梶野を見下ろしている。

「早く乃亜ちゃんと、仲直りしなきゃだよ」

「そうだな……」

今日も梶野家は、やけに静かなまま過ぎていった。

第十七話　頼りになるね日菜子さん！

どうも皆さん、おはようございます。

花野日菜子《はなのひなこ》、二十四歳です。

突然ですが、求められるのって嫌いじゃないんです、私。

会いたいとか相談に乗ってと言われれば、躊躇《ちゅうちょ》なく行くタイプなのです。

なので基本的には誰の誘いでも前向きに受け取るつもりですが、最近ひとり、会いたくないなぁと思ってしまう人物がいます。

それがいま目の前にいるＪＫ、香月乃亜《こうづきのあ》ちゃん。

昨日の夜、相談があるから会いたいと言ってきたのです。

彼女と出会ってすぐの頃は、妹ができたみたいだなぁと呑気《のんき》に喜んでいましたよ、私も。

しかしこのＪＫ、とんだ曲者《くせもの》なのです。

何がイヤって、会うたびに梶野《かじの》さんとのエピソードを自慢してくるのです。

やれ頭を撫《な》でられただの、唐揚げを美味《おい》しいと言ってくれただの。その上、カフェのお茶代は私持ちですよ。未成年に払わせるわけにはいかないのでね。

お金払って恋敵《こいがたき》の自慢話聞くって、それなんて罰ゲーム？

三回聞くごとに都民税が減免されるくらいじゃないと、割に合わないんですけど。

しかも、今日はなんかＪＫがひとり増えてるし。

神楽坂《かぐらざか》ちゃん。存在は知っていたけど、同席するとは聞いてないですよー。

「あの、すみません、おごってもらっちゃって……初めましてなのに」

「全然良いよ〜、気にしないで〜」

まぁ神楽坂ちゃんは良い子っぽいし、王子様みたいな容姿で眼福だし、良いんですけど。ていうかマジでカッコいいな。気を抜いたら惚《ほ》れてしまいそうです。

閑話休題。問題は、その隣のギャル子ですよ。

今日の乃亜ちゃんはずっと浮かない顔をしていますが、私は騙《だま》されません。どうせ相談というのも、どうやって合法的に梶野さんのパンツを盗もうとかそんな内容に決まってます。

私は心の中で、乃亜ちゃんへ生卵を投げつける準備をしつつ、尋ねました。

「それで、相談って何？」

「話は長くなるんですけど……実はアタシ、前にパパ活やってて……」

「……おぉう」

いや重っ。イントロ重っ。

私は姿勢を正したのち、心の中の生卵を一度、冷蔵庫に戻しました。

その後、私と神楽坂ちゃんは乃亜ちゃんの過去話を余す所なく聞きました。

梶野《かじの》さんとの出会い、吉水《よしみず》さんとやらからの連絡、そして梶野さんとの仲違《なかたが》い。わりかしガチめの告白に初めは気圧《けお》されましたが、乃亜《のあ》ちゃんが心から辛《つら》そうにしていることから、さすがに同情心が芽生えます。神楽坂《かぐらざか》ちゃんも心配そうでした。

「それでアタシ、どうしたら良いか分からなくて……」

乃亜ちゃんは涙声でそう呟《つぶや》き、話を終えました。

ひとまず私の中で咀嚼《そしゃく》し、冷静に考えてみました。

正直、梶野さんの気持ちも分かります。知り合いの子がパパ活相手と再び会おうとしているなら、大人として止めたいと思うのは普通のことです。

だからと言って真っ向から忠告、ともいかなかったのでしょう。それが、梶野さんと乃亜ちゃんの関係性の微妙さを表わしています。梶野さんの葛藤《かっとう》が頭に浮かぶようです。

ただ乃亜ちゃんは乃亜ちゃんで、思う所があるのでしょう。

「つまり乃亜ちゃんは、またパパ活するんじゃないかって、梶野さんに少しでも疑われているのがイヤだったの？」

「……ちょっと、違う……」

「え、じゃあスマホの通知を勝手に見られたのがイヤだったとか？」

「……違くて……」

乃亜ちゃんは、噛《か》み砕くように説明します。

それはこの件が発覚する直前の、えみりちゃんも交えたやり取り。

『（パパ活の相手と）連絡を取り合ったりはしてるの？』

梶野さんのこの質問に、とっさに乃亜ちゃんはこう答えてしまいます。

『ないよっ。もう連絡も来てないから！』

これがウソであると、つい先日連絡が来ていたのだと、梶野さんはこの時点で知っていたということです。それでも梶野さんはこう応えたのでした。

『……そっか』

「……え、今のシーン、梶野さん何か悪いところあった？」

乃亜ちゃんは頷《うなず》き、震える声で言います。

「アタシっ、ウソついたじゃん……」

「うん」

「カジさんもウソって分かってるのに……なんでアタシのこと怒らないのって……」

「……うん？」

「アタシのことっ、ちゃんと怒ってくれなかったのが、悲しかったの……」

「………………」

明らかになった心情を前に、私は「そっか……」と優しめの相槌《あいづち》を打ちました。

ただし心の中の私は、冷蔵庫から生卵を取り出します。

「(いや、メンドくさ〜〜〜い！)」

心の中のイマジナリー乃亜《のあ》ちゃんへ、私は力一杯投げつけました。イマジナリー生卵を。

変な子だとは思っていましたが……彼氏にそういうのを求めるタイプの面倒くさ子だったとは。ていうか梶野《かじの》さん、彼氏でもねえし。

そんなどうでも良いことで相談されるなんて、たまったもんじゃないですよ。

せっかくできた友達も、これでは離れていくのではないでしょうか。

「乃亜……」

神楽坂《かぐらざか》ちゃんは、乃亜ちゃんの肩をポンと叩《たた》きました。

「分かる〜」

え、分かるの？

類友だからなの？　もしくはそれがいまのＪＫの恋愛観なの？

「分かるよぉ〜、怒られたい時ってあるよねぇ。時には理不尽な理由でも良いから、ビシッとキテほしいよねぇ。人としての尊厳を打ちのめすくらいに……」

いや違うな。さてはこの子もなんか患ってんな。

おかしいもの、言動と口調が。また別のベクトルの変態だったのか。

ゲンナリしていた私でしたが、ここで悪知恵が働きます。

「(でももし、このまま乃亜ちゃんが面倒くささ爆発でいてくれれば……梶野さんともギクシ

メンド〜〜〜〜〜〜〜〜〜〜〜〜

ヤクしたままになるのでは……?)」

乃亜《のあ》ちゃんは友達です。妹みたいなものです。

でもそれ以前に、恋敵《こいがたき》であることを忘れてはいけません。

ここまで仲良くしてきたのも、乃亜ちゃんと梶野《かじの》さんの動向を知るため、隙《すき》あらば邪魔《じゃま》するため。そんな邪《よこしま》な感情が無かったと言えば、ウソになります。

そして今がまさに絶好の機会です。

このまま乃亜ちゃんの考えを肯定し、面倒くささを助長させれば……。

「アタシっ……このままカジさんと変なカンジのままで終わっちゃうのかなぁ……」

「大丈夫だよ乃亜、そんなことないって」

「カジさんだってっ……こんな面倒くさい女、イヤだよね……」

「………」

面倒くさい自覚あるのかよ。じゃあ自分で何とかしろよ。なんだコイツ、本当に。

心の中で悪態をついているうちに、イマジナリー生卵は底を尽きました。

まっさらになった気持ちで涙目の乃亜ちゃんを見つめると、口が自然に動いていました。

「……あのさ。乃亜ちゃんって、大人の男の人って完璧だと思ってない?」

「……え?」

私の口からため息と共に、不必要なお節介が漏《も》れます。

「乃亜ちゃんから見て一回りも上の男性ってなるとさ、自分じゃ想像できないくらい立派で正しい考え方を持っていると、勝手に思っちゃってるでしょ」

「……そうかも」

「気持ちは分かるよ。でもね、大人って案外そうでもないよ。大人だって間違うし、けっこうアホだよ。女心が分かる男なんて、大人でもほんの一握りしかいないよ」

「……そうなの？」

「そう。だから梶野さんにだってちゃんと言葉にして言わなきゃ、分かってくれないよ。何がイヤで、何がイヤじゃないか。そうしたら梶野さんは受け止めてくれるよ、絶対」

乃亜ちゃんは最後まで聞くと、ひとつひとつ飲み込んでいくように何度も頷《うなず》いていました。

そこまで真剣に聞かれると、少し気恥ずかしいものです。

傍《はた》から見ていた神楽坂《かぐらざか》ちゃんは、何か私を見る目が変わっています。

「日菜子《ひなこ》さん、大人ですねぇ……カッコいいです」

「いや、そんなことは……」

「今度、私の相談にも乗ってください」

「何言ってんだ神楽坂っ、日菜子さんはアタシのお姉ちゃんなんだぞ！」

「何それっ、乃亜ずるい！」

私を取り合うJK二人を前にすれば、苦笑いしか出てきません。

「(……何やってんだろ)」

恋敵《こいがたき》にカフェラテを奢《おご》った上で、さらには助言まで……。

何がしたいのか私は。何を同情心に負けているのか。

これだけの慈善活動をしたのだから、誰か私に何か恵んでください。

都民税五割減額とかでいいんで。

私に幸あれ。

第十八話　いぬのきもちと、ひとのきもち

『ディナーの件、考えてくれた？　けっこう高いお店だから行かないと損だよ♪』

吉水《よしみず》から届いたメッセージを見て、乃亜《のあ》の眉間《みけん》にシワが寄る。

突発的に再会した日から毎日のようにメッセージが来ていた。適当にかわしてはいるが、一度会ってちゃんと話した方がいいのかもと、心のどこかで小さく思う自分もいる。

吉水は乃亜にとって初めてのパパ活相手だ。

いつでもオシャレなセットアップコーデの、上品で清潔感のある四十代後半の男性。

パパ活する理由については、こう語っていた。

『娘が高校生でまだ仲良くしていたいから、現役の高校生とお話しして見聞を広めたいんだ。流行《はや》りとか最新トレンドとか、いろいろ教えてほしいな』

可愛《かわい》い理由だなぁと、そう思った記憶がある。

会ってみれば彼は、ほぼ乃亜の話を笑顔で聞いているだけ。表情が豊かで反応も良いので話していて退屈しなかった。

ある日、学校が退屈だと吐露《とろ》すると、吉水はいつもの笑顔でこう言った。

『世の中には、学校なんかより面白いものがいっぱいあるから、そう思っちゃうよね。乃亜ち

ゃんっぽくて良いじゃん』

その言葉は少しだけ、乃亜の心を軽くした。

調子に乗って他のパパ活の相手を漁《あさ》ったこともあったが、愚痴《ぐち》ばかりや体目的などロクな人はおらず、相対的に吉水の評価は上がっていった。

最後に会ったのは吉水との三回目のパパ活。その日は夕食だけでなくカラオケにも行った。

そこで吉水は、こんなことを言ってきた。

『今度二人でどこか行こうよ。学校をサボって、旅行でも』

その誘いは正直、怖かった。

ここまでは一緒にご飯を食べるだけ、カラオケでもただ歌って話を聞くだけだった吉水さんが、突然豹変《ひょうへん》することもありうる。

たまにだけれど、垂れ下がった目の奥に、得体の知れない何かを感じる時もあった。

そしてその日の帰りに、乃亜は梶野《かじの》と出会う。

梶野と交流を持つようになって、吉水の存在は乃亜の中から少しずつ薄れていった。

ある意味で目を覚ましたとも言える。

「(冷静になって考えれば、会って三回目の女子高生を旅行に誘うって、どうよ)」

薄情だと自覚していたが、そもそもパパ活という不健全な関係で成り立っていたのだ。これくらいアッサリした終わりでも良いだろうと、自己完結した。

それでも、彼のちょっとした言葉で救われた恩から、その後の連絡を無下に扱うことはできなかった。会うことはなかったが、たまにメッセージのみのやり取りはしていた。

その結果、現在の惨状だ。

乃亜《のあ》は梶野《かじの》の顔をもう何日も見ていない。

「(アタシって、くそバカだなぁ……)」

ぼうっとしているだけで自然と、瞳が潤《うる》んでいった。


「(あと一日二日あれば、カジさんとおしゃべりできる気がする……)」

気晴らしの映画鑑賞を終えて帰宅中、電車内で漠然とした思いが湧《わ》き上がる。

悲しいような情けないような苦々しいような、複雑な感情を抱いてもう五日。日菜子《ひなこ》の助言もあり、面倒くさ子マインドは徐々に軟化しつつある。

「(アタシから聞けばいいんだ。カジさんは、アタシの何なのって。そこまでアタシのパパ活を気にしている理由は何なのって)」

もう一歩踏み込んでくれない、叱《しか》ってくれない梶野に悶々《もんもん》としていた乃亜は学んだのだ。梶野はちょっと不器用で、人との関係の変化に敏感な人なのだと。

ならば自分自身が、踏み込めばいい。やっとその決心にまで至った。

「(……まぁ、明日でも良いかな。吉水《よしみず》さんのことも、その後に決めよう)」

夏休みの宿題みたいな意識でもって、一人で勝手に納得した乃亜であった。

ここで自問自答の渦から回帰。ちょうど最寄駅に到着した。

「……あっ」

改札から出たところで乃亜は、明らかに自分へ向けられた声に気づいた。顔を向けたと同時に、気づかないフリをしておけば良かったと後悔。

そこにいたのはクラスメイトの女子二人。向こうも向こうでどこか気まずそうな顔だ。

「(……そんな顔するならスルーしとけや)」

乃亜はそのまま無視して通り過ぎようとする。

しかしそこで、予想外の出来事が起きた。

「あ、あの香月《こうづき》さん……っ！」

「うぇっ？」

声をかけてきたのだ。しかもあろうことか二人そろって乃亜に近寄ってきた。

クラスメイトとはいえ、ほぼ会話したこともない二人だ。そもそも神楽坂《かぐらざか》以外のクラスメイトからは嫌われていると思っていた。なのに、何故《なぜ》。乃亜の頭に次々と疑問符が咲く。

「あの、久しぶり……」

「あぁ、うん」

「どこか行ってたの……？」

「映画だけど」

「そ、そっか」

乃亜《のあ》も一応は応対しているが、まるで親しみの感じられない世間話である。

この女子たちは何がしたいのか。その答えは、次のセリフにあった。

「あのね、実はあの時から、香月《こうづき》さんと話したくて……」

「あの時？」

「神楽坂《かぐらざか》さんの事件の……」

乃亜は「あぁ」とすぐに理解。神楽坂派と反神楽坂派との仁義なき戦いのことだ。

彼女らはそのどちらにも属していない、傍観者だったようだ。

「あの時の香月さん、カッコよかったよねって二人で話してたんだ」

「……えっ」

「すぐに夏休み入っちゃったから、言う機会がなくて……」

寝耳に水とはこのことだ。

神楽坂にムカついていたからという理由で行った、あの身勝手な立ち回り。そこにいた誰もがネガティブな感情を持っているものだと思い込んでいた。

しかし、そうでない人もいたらしい。

「神楽坂さんを助けに単身乗り込む姿がさ、熱かったよね」

「いや、別に助けようとしたわけじゃ……」

「なんかこう、お姫様が王子様を救う、みたいに見えて良かったよね！」

「イマドキな感じだったよね！　男が女を救うだけじゃないんだぞっていう！」

「全然聞いてねえな。ていうかアタシも神楽坂も女なんだけど」

着眼点は独特だが、乃亜に好感を持っていることに変わりはないらしい。

彼女たちとは最後に、こんなやり取りをして別れた。

「夏休み明けたら、教室で声かけてもいい？」

「……まぁ、お好きに」

ほわほわと妙な感覚が乃亜を包む。居ても立ってもという感情から自然と歩き出した。

別に嬉しくないし。そもそもあいつら、ただの傍観者だったくせに。

天《あま》の邪鬼《じゃく》な思いが湧《わ》き出る。それでも、自分の気持ちにウソはつけない。

ほんの少しだが、夏休みが終わった後の楽しみもできたと、乃亜は小さく笑った。

「（なんか、カジさんに会いたいな……いまの話、聞かせたいな……）」

そもそも神楽坂事件でのあの振る舞いは、友達のいない乃亜を心配した梶野《かじの》の行動が発端となっていた。元を辿《たど》れば梶野がもたらしたものと言っても過言ではないのだ。

「（いまのやり取りを教えたら、きっとカジさんは喜ぶだろうな）」

梶野のその顔を想像して、乃亜はつい笑みをこぼす。

「あっ」

「えっ」

まさにその梶野《かじの》が目の前にいるとは、思いもよらなかった。

「な、な、な……」

辺りを見渡すと、乃亜《のあ》はもうひとつ驚く。

ほわほわとしていたせいで、足が勝手に慣れ親しんだ道を選んでいたらしい。乃亜はいつもの土手に来てしまっていた。梶野はタクトの散歩中のようだ。

今の今まで頭の中にいた人と、現実で遭遇。

久々に見た梶野の顔は変わらず、泣きたくなるほど優しい雰囲気《ふんいき》。今すぐその胸に飛び込みたい気持ちと、後ずさりながら様子を窺《うかが》いたい気持ちが乃亜の中で交錯する。

零コンマ数秒で決断した結果……乃亜は脱兎《だっと》のごとく逃げ出した。

「ええっ！」

「ごめんなさ――――い！」

会いたいと思ったものの、いきなりのエンカウントは厳しかったらしい。

だがそこで、ただ見ているだけの梶野ではなかった。

「こら待て――っ！」

「え――なんで追ってくるの――っ？」

「そりゃ追うよっ、てかなんで逃げるの！」

茜空《あかねぞら》の下、アラサー男がＪＫを全力で追うという異常な光景。

だが前回の二の舞か、嬉々《きき》として乃亜を追うタクトとは対照的に、梶野のスピードが急激に落ちていく。アラサーに突然のスプリントは、あまりに酷なのである。

開いていく梶野との距離を確認し、乃亜はほっと一安心。

その時だった。

「タクトッ、どうしたッ！」

心がざわつく梶野の声。乃亜は思わず振り返る。

さっきまで元気に走っていたタクトが、足を引きずっていた。

「……ウソ」

血の気が引いていく音が、聞こえた気がした。


梶野は一度自宅に戻りタクトを犬用キャリーバッグに入れると、タクシーを捕まえてかかりつけの動物病院に向かった。ついてきた乃亜の顔は、ずっと青ざめたままだ。

「では、レントゲンを撮りましょうか」

一通り話を聞いた獣医は、梶野に淡々と提案する。

「は、はい……」

「首輪は外しますね」

獣医は手際良くタクトの首輪を外すと、そばにいた乃亜《のあ》に手渡した。

そうして一度診療室を後にする梶野《かじの》と乃亜。タクトは二人を見つめながら「クーン……」と切ない声を漏《も》らしていた。

タクシーの車内、そしてこの待合室でも、梶野と乃亜はほぼ会話していない。

久々の再会で気まずいというのもあるが、それ以上に二人ともタクトが心配なのだ。

「……ごめんなさい、アタシが逃げたりしたから……」

「乃亜ちゃんのせいじゃないよ。僕の足が遅かったせいで、バランスを崩したのかも」

口を開いても、不安なことばかり。

このままでは乃亜がさらに罪悪感を募らせる。そう思い、梶野は無理やり笑顔を作った。

「乃亜ちゃん、元気だった？」

顔を上げ、梶野を見つめる乃亜。唇をぐっとへの字に曲げ、目を潤《うる》ませた。

「……はいっ」

「夏休み、神楽坂《かぐらざか》ちゃんとは会ってる？」

「はい、この前は日菜子《ひなこ》さんとも」

「へー本当に仲良しだね。宿題はやってるの？」

「それは……ぐぬぬっす」

「やっぱりえみり先生がいないとダメかー」

五日ぶりでも自然に紡がれる会話。

話すべきアレやコレにはまだ触れていないが、それでも乃亜は確信した。

「（やっぱり、この人と話している時が、一番落ち着く）」

現時点でそれだけが、乃亜にとって紛れもない真実だった。

「そういえば、タクトの首輪って思ったより重いんすね」

乃亜は首輪を入れたトートバッグを持ち上げてみせる。

「あぁ、それはね……」

「梶野さーん、どうぞー」

再び診療室へ呼ばれ、二人の間にピリッとした不安感が蘇《よみがえ》る。

獣医は診断結果を告げる前に、梶野へ何点か尋ねた。

「最近タクトくんと遊んだり散歩したり、できていました？」

「ここ数日は忙しくて……散歩も三日ぶりです。それまでは毎日行ってたんですけど……」

獣医は「なるほど」と腑《ふ》に落ちた様子。梶野を真正面からじっと見つめ、いやに感情を抑えたトーンで語る。

「梶野さん、落ち着いて聞いてください」

「はい……」

「おそらく、ケガしてるフリです」

「……ん？」

梶野《かじの》、乃亜《のあ》はキョトンとする。

「骨や関節など、どこにも異常は無いです。なのでたぶん、わざと大げさに痛いフリをしているだけかな。たまにいるんですよねぇ、かまってほしくて仮病を使うワンちゃん。こうすればかまってもらえるって思ったんだろうね」

わっはっは、と豪快に笑う獣医。「でも一応、痛み止めの薬は出しておきますねー」と軽快に告げるのだった。

「「…………」」

梶野と乃亜は、恥ずかしさに打ちひしがれる。

赤面の飼い主たちを前に、タクトは「サーセン笑」といった顔をしていた。

「おいこのかまってちゃんめっ、聞いてるのか！　おまえの名前は今日から『タクト a.k.a. かまってちゃん』だからなっ！」

通りでタクシーを待つ間、乃亜はキャリーバッグの中のタクトへちょっかいを出していた。

診断結果は、まさかの痛いフリ。梶野もやれやれと力なく笑うしかない。

それでも、タクトを強く責められないのも事実である。

「全然かまってなかったもんなぁ、最近。そりゃ寂しいよなタクトも」

「それ言ったら、アタシのせいも……」

流れるように、話題はシビアな方向へ。二人の間をぎこちない空気が支配する。

「乃亜ちゃん、あれから吉水《よしみず》さんとは会った？」

思いの外ストレートな質問に、乃亜は少し驚いた。

「いや……でも連絡は来てる。ご飯に行こうとも言われてる」

「そっか」

「…………」

自分から踏み込んでみようと計画していた乃亜だったが、最後に一度だけ、梶野の次の言葉を待ってみることにした。再び二人の間に、沈黙が訪れる。

梶野は、意を決したふうに言い放つ。

「乃亜ちゃん、吉水さんとはもう会わないでほしい」

「…………」

「パパ活はもうやめてくれ。心配なんだ」

乃亜は、ひとつ深呼吸。

つき放したような冷たい口調で、問いかける。

「それは、誰の言葉すか？」

「え？」

「ただのご立派な社会人としての言葉？　それとも、もっと近くにいる人？」

梶野《かじの》は、静かに考えた。

永い永い思案の果てに、呟《つぶや》く。

「ただのお隣さん……」

「…………」

「ではない、絶対に」

「え……」

どこか面映《おもは》ゆそうに、梶野は告げる。

「他人なんかじゃ、もうない」

「……じゃあ、何ですか……」

「でも……ごめん、うまく表現できない」

「ええ……」

この期《ご》に及んでこの曖昧《あいまい》な答え。乃亜《のあ》は思わず吹き出してしまった。

この大人は、ホントにダメだなぁ。

「……じゃあ、今日からカジさんはアタシのこと、こう思っておいてください」

だから今回は、これくらいで勘弁してあげよう。

「大切な人、って」

　それを聞くと、梶野はまたも照れ臭そうな顔をする。

「え、それもなんか……うーん」

「拒否権は無しの民です」

「民のヤツ久々に聞いたなぁ」

「それともうひとつお願いです。アタシがまたウソをついたり、道を外れそうになったら……ちゃんと叱《しか》ってくださいね。最初の時みたいに」

　最初の時——叱るというよりも脅《おど》した、あの夜。そこからすべては始まった。

　もはや懐《なつ》かしいとさえ思え、つい笑みがこぼれる。そんな表情のまま梶野は答えた。

「……分かったよ」

　それを聞き、乃亜は大きなため息をつく。そして突然、梶野の背中に抱きついた。

「うわわ、ちょっと乃亜ちゃん」

「はぁ～マインドが、救済されていく～～」

　久しぶりな、梶野と乃亜のじゃれ合い。二人の間に再び、能天気な空気が戻ってくる。

「いや大通りでこんなこと……」

「だいじょぶです、制服じゃないですし」

「そういう問題じゃないよー」

「ふううう……すうううううう！」

「めっちゃ嗅《か》いでる！　ていうか吸ってる！」

キャリーバッグの中から二人を覗《のぞ》くタクトは、交ざりたそうにワンッと吠《ほ》えるのだった。


その夜、乃亜《のあ》は吉水《よしみず》へ「もう会わない」という意思を、メールで伝えた。

◇◆◇◆

翌日の夕方のことだ。

乃亜は梶野《かじの》家に行く前に、コンビニへ買い物に向かった。

何となしに雑誌を立ち読み。そんなありふれた時間は、突如《とつじょ》として断ち切られる。

「また会えたね、乃亜ちゃん」

「えっ……」

目尻に皺《しわ》が刻まれた、印象的なタレ目。若者の流行を意識しているのであろうデザインパーマに、派手めなジャケット、白のチノパン。その風貌《ふうぼう》を、乃亜が忘れるわけがない。

吉水が、隣に立っていた。

「な、なんで……」

昨晩、決別のメッセージを送ったはず。だからこそ、その変わらない微笑《ほほえ》みに怖気《おぞけ》が走る。

「連絡して呼び出そうと思っていたんだけど、まさかバッタリ会えるなんて、運命かもね」

窓の外、駐車場には見覚えのある真っ赤な輸入セダン。

「さあ乃亜ちゃん、ディナーへ行こうか」

「いや……だから昨日送った通り……」

「乃亜ちゃんって、〇〇高校だよね？」

「……え？」

「校則的にはＯＫなのかな。これまでのパパ活ってさ」

「…………」

その目は、今までとは違う。

わずかに感じ取っていた、得体の知れない何かがハッキリと映っている。

吉水とコンビニを後にする最中、乃亜の頭に蘇《よみがえ》ったのは、あの日の忠告だった。

『大人っていうのは、怖いんだよ』

第十九話　いつしかそこにあった幸せと、いつでもそばにいてくれた君

「何とか今日中にカタがつきそうですね」

日菜子《ひなこ》が作業しながら語りかける。

梶野《かじの》も同様に、ディスプレイへ目を向けたまま応えた。

「今日は久々に宿題を持ち帰らなくて済みそうだよ。そういや花野《はなの》さん、乃亜《のあ》ちゃんの相談に乗ってあげたんだって？」

その質問には日菜子も、つい手を止めて梶野の顔を覗《のぞ》き見てしまう。

「あーえーそうですね。いろいろ女子トークを……」

「乃亜ちゃんが言ってたよ、頼りになるお姉ちゃんだって。花野さんって年下にはそんな感じなんだね。意外な一面だ」

「え、えへへ……その様子だと仲直りできたんですね」

「まぁ、うん。お騒がせして……」

ふと、梶野のスマホにメッセージが届く。

「お、噂をすれば乃亜ちゃんから……」

ガタッと勢いよく立ち上がる梶野に、花野は目を丸くする。

「どうしたんですか……？」

「ちょっとごめんッ！」

梶野は駆け足でデスクを離れていく。

スマホに表示されていたのは、乃亜とのトーク画面だ。

『たすけて吉水《よしみず》さんがきて』

◇◆◇◆

「誰に連絡してるの？」

「あッ……！」

吉水は助手席の乃亜からスマホを奪うと、電源を切ってダッシュボードに置く。

「無駄だよ。こんな良い車に乗ってるから分かると思うけど、僕って大きな会社の重要なポストに就いてるんだ。だからこれくらいのこと、簡単に揉《も》み消せるんだよ～。乃亜ちゃんはまだ子供だからよく分からないか～」

「…………」

「機嫌直してよ。高いイタリアンのお店連れて行ってあげるからさ。好きって言ってたよね、イタリアン。あぁ、まだ六時前だしお腹は空いてないか～。じゃあまずはカラオケ行こっか。

あークソッ、道混んでんなぁ」

ハンドルを握りながら、ペラペラと上機嫌に喋《しゃべ》る吉水《よしみず》。

その態度も、雰囲気《ふんいき》も、今まで乃亜《のあ》が目にしてきた優しい彼とは異なっていた。

「……帰りたいです。帰してください」

「ダメだよ」

急に変わった声色。血も凍りそうな声で吉水は告げる。

「昨日のメッセージは驚いたよ。二か月くらい会ってくれなかったけど、彼氏でもできた？」

「………………」

「ダンマリかよ。僕なんかに答える義理はないのか。前はあんなに仲良くしてくれたのに。そうやって乃亜ちゃんも離れていくんだね、妻と娘みたいに……なぁッ！」

ガンッと吉水がハンドルを叩《たた》くと、乃亜は怯《おび》えて肩を揺らす。

「とりあえず今日は付き合ってもらうよ、乃亜ちゃん。今までのは体験版みたいなものだったからさ。まさかとは思うけど……僕が何の見返りもなしに、お金をあげたり、ご飯を食べさせたり、お話を聞いてあげたりしていたなんて、思ってないよね？」

「っ……」

「今日は本物のパパ活を教えてあげるね♪」

それからも吉水は、喉《のど》に詰まっていた栓が取れたようにひとりで喋り続ける。

乃亜はしばらく、全身を震わせていた。


帰宅ラッシュによる渋滞を抜け、輸入セダンはカラオケ店近くの駐車場に停車した。

二人は大きめの部屋に案内される。吉水は四十代にもかかわらず、十代の間で流行《はや》っている男性アイドルやロックバンドの曲を気持ち良さそうに歌っていた。

そしていかにしてトレンドの歌手を知り、歌を覚えたか、嬉々《きき》として語っている。

乃亜は部屋の隅で小さく座り、小刻みに震えていた。

「…………」

もしも二か月前なら、なりふり構わず逃げていた。

パパ活のこと、学校に言いたければ言えばいい。退学なんて万々歳だ。あんなつまらないところ、行かなくていいなら清々する。

人生のすべてが、どうでも良かったのだ。

でも、今は――。

『……放課後、ファミレスとか行く？』

『……んぁ』

神楽坂《かぐらざか》。

アイツのおかげで、やっと学校が楽しくなってきたのに。

『夏休み明けたら、教室で声かけてもいい？』

『……まぁ、お好きに』

夏休み明けの楽しみも、できたのに。

それに、事件に巻き込まれたと伝われば、母親の監視や束縛《そくばく》は厳しくなる。そうなればもう梶野《かじの》家には行けなくなるかもしれない。

カジさん、タクト、えみり先生、神楽坂《かぐらざか》、日菜子《ひなこ》さん。

彼らの顔を思い浮かべ、乃亜《のあ》は目を潤《うる》ませていた。

「乃亜ちゃんも、そろそろ歌ってよ〜」

吉水《よしみず》が乃亜の隣にまで距離を詰めてきた。リモコンを操作しながら肩を寄せる。

「ほら、この前歌ってたヤツあるよ。アレ可愛《かわい》かったな〜。また歌ってよ、ね？」

「……帰してください」

「え〜ちょっと泣いてるじゃん、ショック〜。僕ってそんなに怖いかなぁ。でもダメ〜、帰さないよ〜。大丈夫大丈夫、僕って優しくて上手いから、乃亜ちゃんも絶対満足するよ」

「や、やめて……」

じりじりと寄ってくる吉水。ついには乃亜の背中が、壁にぶつかってしまう。

吉水は恍惚《こうこつ》とした表情を浮かべながら、顔を近づけてくる。

「乃亜ちゃんは見かけによらずウブだから、知らなかったのかな？　パパ活っていうのはね、こういうことなんだよ？」

「やっ……」

「またひとつ勉強になったじゃん。良かったね、これで大人に一歩近づけるね♪」

そうして鼻と鼻が当たりそうな距離にまで接近してくる。

「（自業自得なのかな……）」

乃亜の頭に、諦念《ていねん》がよぎる。そうして瞳から光が消えかけた、その時だ。

パシャッ！

「え……」

不自然な音が響く。

それは、スマホカメラのシャッター音だった。

スマホをかざし、そこに立っていたのは——地味で冴《さ》えないアラサー男だ。

「良かった……見つけた」

カラオケルームに突如《とつじょ》現れた梶野。

その姿を見た途端、乃亜は吉水を押しのけて駆け寄った。

「カジさんっ……！」

乃亜と同様に、梶野も安心しきった表情を見せた。

「乃亜ちゃん、怖かったね……何もされてない？」

「……うんっ、まだ……」

「よかった……。それじゃ、帰ろう」

「おい待てッ、なんだおまえはッ！」

激昂《げきこう》する吉水《よしみず》は、唇をブルブル震わせながら梶野《かじの》を睨《にら》む。

対して梶野は、呆《あき》れたふうに言い返す。

「……あなたこそ何なんですか、若い子を連れ回して。これは立派な誘拐《ゆうかい》ですよね。それに今、何しようとしていたんですか？」

「うるさいッ！　乃亜《のあ》ちゃんいいのかッ、パパ活のこと学校に言うぞッ！」

乃亜は梶野の背に隠れながらビクッと震える。

すると梶野が、代わりに反論した。

「そんなことしたら、あなたも人生終わりますよ？」

「ぼ、僕が誰だか知らないだろうッ。おまえなんかじゃ関わることもない、大企業の重要ポストに就いている人間だぞッ。こんな事件、いくらでも揉《も》み消せるんだ！」

「そうですか。株式会社○○コンサルティング事業部チーフマネージャーの吉水忠久《ただひさ》さんに、それほどの力が？」

「なッ……！」

「大企業は大企業ですけど、チーフマネージャーって主任クラスですよね。そんな人のために会社が動きますかね。揉み消しとか本当にあるかどうかは別にして」

「な、なんでそんなこと知って……そもそもどうしてここが分かったんだ……？」

もう質問に答える必要はない。正直、顔も見たくない。

梶野は最後、先ほど撮った写真を掲げながら、あくまで冷静な口調で釘を刺す。

「あなたの立場は分かりましたね？　だからもう、乃亜ちゃんには近づかないでください。乃亜ちゃんはもうパパ活はしない」

乃亜を連れ、部屋を出ようとした時だ。吉水が引《ひ》き攣《つ》った声で叫ぶ。

「何なんだよッ……誰なんだおまえはッ！　乃亜ちゃんの何なんだッ！」

梶野は足を止める。その質問を答えるのは、あまりに容易《たやす》かった。

乃亜本人が、教えてくれたばかりだから。

『じゃあ、今日からカジさんはアタシのこと、こう思っておいてください――』

「乃亜ちゃんは僕の、大切な人だ」


「乃亜ッ！」

カラオケ店を出ると、神楽坂《かぐらざか》が乃亜に駆け寄り抱きしめた。

「神楽坂も……なんで？」

「いろいろあったんだよ」

三人でタクシーに乗り込むと、まず梶野《かじの》が大きなため息をつく。

「はぁ、怖かった……」

「梶野しゃんが言います、それ？」

「いや、怖いものは怖いよ……」

梶野はペットボトルのお茶を半分ほど一気に飲み干すと、乃亜《のあ》に説明し始めた。

時は遡《さかのぼ》り、一時間ほど前。

例のメッセージを見て、即座に乃亜へ電話をかけるが出ず。今度は神楽坂《かぐらざか》に連絡した。

「今日は乃亜とは会ってないですけど……何かあったんですか？」

乃亜からのメッセージを告げると、神楽坂は驚愕《きようがく》する。

「大変じゃないですかッ。そういえば昨日吉水《よしみず》さんに、もう会わないってメッセージを送ったって言ってましたけど……」

「それがきっかけなのかな……どうしよう、警察に通報すべきか」

ただそうなれば自動的に、乃亜のパパ活が学校や親に知られることに……。

「（いやそんなこと言ってる場合じゃ……っ！）」

その時、スマホにキャッチが入る。

「乃亜ちゃんかもッ、ごめん一回切るね！」

慌てて電話に出る。しかしそれは、乃亜ではなかった。

「了《りょう》くん、あのさー」

「えみり、今それどころじゃ――」

　だが結果として、その一本の電話が事態を大きく変えた。

「でかしたえみりっ！」

「え、なにが？」

　慌ててデスクに戻ろうとすると、花野《はなの》と目が合う。様子を見に来ていたようだ。

「盗み聞きしちゃいました。早く行ってください、仕事は引き継ぐんで。はいこれカバン」

「ありがとう花野さんっ……あ、花野さんって○○と仕事したことあったよね？」

「え、はい、ありますけど」

「四十代後半くらいの、吉水って苗字《みようじ》の社員について○○の人に聞けないかな。部署とか役職が分かればいいいんだけど……」

「了解です。調べたら情報を送りますね」

　実は昨晩、動物病院からの帰り道、梶野は乃亜にひとつ尋ねていた。

『吉水さんってどんな仕事をしてる人なの？』

『んー、仕事の話はあんまりしなかったなぁ。でも会社は分かるよ、○○だって』

『おおう大企業……なんで分かるの？』

『前に車の助手席に乗ったとき、足元に名刺が一枚落ちてて。それで知ったんだ』

結果、花野《はなの》と知り合いの〇〇社員が吉水《よしみず》のことを知っていたため、彼の情報がスムーズに手に入ったのだった。

「ていうか乃亜《のあ》ちゃん、名刺見たことあるなら会社とか役職も分かってたでしょ。脅《おど》しに対して言い返さなかったの?」

「だ、だって揉《も》み消すって言ってたし……役職もカタカナでよく分からなかったから、ホントにエラい立場の人なんだって思って」

「そっか……そうだよね」

そもそもあの異常な状況で、大人の男へ歯向かえというのも無理な話だ。

「それで……なんであのカラオケにいるって分かったの?」

「あぁ、それはね……乃亜ちゃん、自分のトートバッグの中を見てごらん。あるはずのないものが入ってると思うから」

「え……?」

言われた通り乃亜は、いつも持ち歩いているトートバッグの中をまさぐる。

するとすぐに、それを見つけた。

「あ、これ昨日の……」

出てきたのは、タクトの首輪。動物病院で預かったままだったのだ。

『そういえば、タクトの首輪って思ったより重いんすね』

『あぁ、それはね……』

　昨日はここで途切れた会話。

　一日経て、梶野《かじの》が紡ぐ。

「GPSが内蔵されてるんだ、それ」

「……あっ」

「タクトに感謝しなきゃね」

　一時間前、突如《とつじょ》入ったえみりからの着信。

『了《りょう》くん、あのさー』

『えみり、今それどころじゃ……』

『タクトの首輪が無いんだけど、どうしたの。これじゃ散歩に行けないよ』

『首輪なんて……っ！』

　刹那《せつな》、梶野は気づいた。GPS内蔵の首輪。タクトが迷子になった時に備えて、位置情報を検索できるサービスに加入していたのだ。

　そして今、首輪を持っているのは――。

『でかしたえみりっ！』

『え、なにが？』

スマホで位置情報を調べると、首輪は猛スピードで移動していた。

梶野《かじの》は再び神楽坂《かぐらざか》に連絡を取り応援を要請。首輪の現在地を示すカラオケ店に到着すると、二人で手分けして部屋を探し回った。

そうして梶野は、乃亜《のあ》と吉水《よしみず》を発見したのだった。


梶野家に帰宅すると、えみりとタクトが出迎える。

「おかえりー。あれ、乃亜ちゃんと神楽坂ちゃんも？」

三人同時の登場、そして醸《かも》し出される不穏な空気に、えみりは首をかしげる。

「どうかしたの？」

「いや、まぁ……」

乃亜はしゃがんで、タクトを撫《な》でる。

「タクトー、こんばんはー」

ワンッ。

「ワンじゃないよ、ピンピンしちゃって。やっぱ昨日のは痛いフリだったんだな」

ワンッ。

「こいつはっ……ほんとにっ……」

ぎゅうっとタクトを思いきり抱きしめると、乃亜は抑えていたものが爆発したのか、肩を震わせてしゃくりあげる。

「タクト、ありがとぉー……あー怖かったぁ、怖かったよぉ……」

号泣する乃亜に、タクトは撫でるように頰《ほお》ずりする。

雨の日も風の日も。

乃亜が上機嫌な時も、不機嫌な時も。

初めてこの家に来た時でさえ。

タクトは変わらず、乃亜を元気いっぱいで出迎えてくれた。

今日に限ってはそのいつも通りの振る舞いが、いっそう愛《いと》おしく、乃亜には感じられた。

第二十話　乃亜の願い

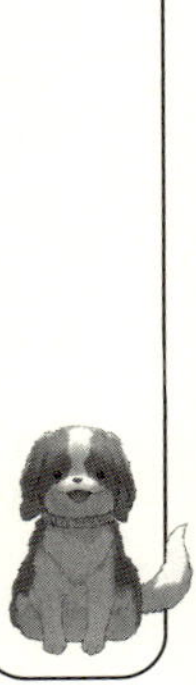

「カジさんに、大切な人だって言われました」

カランッと、アイスカフェラテのグラスの中で氷が音を立てる。

「皆さんこんにちは。アタシはカジさんの大切な人です。どうぞよろしく」

「「…………」」

「これもう結婚じゃね。嫁じゃね」

日菜子《ひなこ》も神楽坂《かぐらざか》も「またか」といった表情を浮かべるだけ。特にコメントは無い。

若い女子たちで賑《にぎ》わう休日のカフェだが、このテーブルだけ異様な沈黙に包まれていた。

「ちょっとちょっと〜、なんで二人とも無反応の民なの〜〜?」

「大切な人って、乃亜《のあ》ちゃんが言わせたようなものでしょ」

「事前に梶野《かじの》さんに仕込んで、ちょっと卑怯《ひきょう》ですよねー」

「な、何故《なぜ》それを知っている……っ!」

実は数日前に花野《はなの》は梶野を摑《つか》まえて、吉水《よしみず》騒動の起こりや顚末《てんまつ》について事細かに聴取していたのだ。わずかとはいえ彼女も巻き込まれたのだから当然である。

「梶野さん、よほど濃い体験だったのか、ちょっと飲ませただけで全部話したよ」

「私はその日菜子さんに全部聞いたー」

「くそーカジさんめっ、アタシとのメモリーをベラベラと余所《よそ》の女に――っ！」

「余所の女て」

日菜子に羨《うらや》ましがられ、神楽坂に祝福される計画だったが、すべては頓挫《とんざ》。乃亜は地団駄を踏むほかなかった。

「はいはいそうですよっ、アタシが一番分かってますよっ、自作自演・オン・ザ・プラネットってことくらい！」

「お、初めて聞く乃亜語だ」

「これたまにしか出ないSSRの乃亜語ですよ、日菜子さん」

「それでも、大切な人って言われたことに変わりはないですしっ。Tポイント爆増ですよっ。アタシはポイント女王だ！」

「Tポイント？　何言ってるの？」

「T（大切にされている）ポイントじゃい！」

「また変な言葉作ってる……」

乃亜の中ではよほど重要な概念らしい。興奮気味に語り始める。

「カジさんに大切にされてるなーってエピソードの数だけ、Tポイントは貯まります」

「基準が曖昧《あいまい》……」

「三十ポイントで首筋を一嗅《か》ぎ、五十ポイントで耳の裏を一嗅ぎできます」

「嗅ぐしかねえのかよレート」

「そもそもこのポイントのこと、梶野《かじの》さんは知ってるの……？」

「知ってるわけないでしょ、いま考えたんだから。アホだなぁ神楽坂《かぐらざか》は」

「すごいね、このポイントシステム。乃亜《のあ》ちゃんの欲望とエゴイズムだけで構築されてる」

乃亜は「うへへ」と笑いながら、Tポイントの使い道に考えを巡らせる。

長期間にわたり首筋を嗅ぎ続けるか。ドカンと一発、あんなところを嗅ぐか……っ！

「でもじゃあ、私も三十ポイントくらいなら貯まってるかも」

「んなっ？」

神楽坂の一言に、乃亜はわなわなする。

「この前タクトの散歩に行く時、暑いからって冷たいお茶のペットボトル持たせてくれたし。戻ってくるまでに冷やしタオル作ってくれてたし」

「キサマそこになおれ……カジさんのお茶もタオルも全部アタシのだ！」

「がめついポイント女王だな」

その流れに、日菜子《ひなこ》も嬉々《きき》として乗る。

「そんなこと言ったら私なんて、去年からずっと貯めてるからね、Tポイント。例えば二人でランチとか飲みに行ったら、だいたい奢《おご》ってくれるし」

「あぁ〜二人で飲みに行くの良いな〜〜、ポイントうんぬん関係なく羨《うらや》ましい〜〜〜っ！」

自分で作った自分本位なシステムで、自らの首を絞めていく乃亜である。

「私、梶野さんの首筋なら嗅げるんだ？」

「ふざけんな神楽坂っ、まだカジさんの前だと噛《か》みまくってるくせに！」

「私なんてもう、梶野さんが泣いて許しを乞《こ》うまで嗅ぎまくりよ」

「どこをどれだけ嗅ぐつもりなの日菜子さんっ？」

休日たまに顔を合わせるようになった乃亜、日菜子、神楽坂。

しかし後半はいつでも、うら若き女子とは思えない話題へ帰着するのであった。


女子会では結局、日菜子と神楽坂から反撃を喰《く》らったが、帰路につく頃には乃亜もポイント女王のプライドを取り戻していた。

「(ひとまず今日は、二十ポイントでうなじ嗅ぎと洒落込《しゃれこ》みましょうか)」

この思考の恐ろしいところは、存在しないポイントと嗅ぎとの交換というシステムが、乃亜の中ではもう当然のものとして機能している点である。

嗅ぎを正当化するために、彼女は無意識に秩序を焼き払ったのだ。

「…………」

フロアに到着すると、乃亜《のあ》は流れるように自宅をスルー。お隣さんの家の鍵を開ける。

当たり前になった、梶野《かじの》家での時間。

それでも当たり前にしたくない彼との時間、彼との会話、彼とのすべて。

だから乃亜はいつでも梶野のそばで、告げられない愛を行動に紐《ひも》づけるのだ。

正真正銘の、彼にとっての大切な人、特別な存在になるために。

「カジさんっ、ただい……」

梶野家リビングに広がっていたのは、衝撃の光景。

梶野がえみりを、おんぶしていた。

「おっとっと、乃亜ちゃんおかえりー」

「ちょっと了《りょう》くん揺らさないでー。あーダメだ、届かないー」

そんな二人の周囲をウロウロするタクトは「楽しそうですねっ、次は僕もお願いします！」

といった顔をしている。

どうやらえみりはリビングの蛍光灯を取り外そうとしているらしい。だがおんぶされながらでも手は届かず、無念そうに梶野の頭に顔を埋《うず》める。

その行為が、乃亜の心を激しく揺さぶる。

「（あ、あれは……一嗅《か》ぎ百ポイントの、頭皮……っ！）」

首筋や耳の裏より高級部位らしい。

「やっぱ無理かー。肩車にする?」

「やだよー肩車はもうさすがに怖いって。観念してあっちの椅子を使った方がいいよ」

「そうするか。ボロい椅子だから危ない気もするけど……」

梶野はしぶしぶとデスクのある寝室へと向かった。

乃亜は何やらぷるぷる震えながら、えみりに問いかける。

「え、えみり先生、なんで……?」

「なんでって、ライトの調子悪いから取り替えようって話になって……」

「Tポイントどれだけ貯まってるの……?」

「何言ってるの?」

「そうか……えみり先生は生まれた時からカジさんに大切にされている姪《めい》という特別な存在。生まれてこの方、貯め込み人生。本物のポイント女王は、えみり先生だったんだ!」

「ずっと何言ってるの?」

乃亜が得意の独り相撲《ずもう》を披露《ひろう》する中、梶野が椅子を転がしてきた。

「ごめん、乃亜ちゃんが乗ってくれるかな。体重が軽い人の方がまだ安全だろうし、えみりじゃ届かないからさ」

「どうせちっちゃいですよー」

その時「ハッ!」と乃亜が勘づいた。

「カジさん……もしかしてTポイントなんて、存在しない……?」

「え、いやあるでしょ。便利だよね」

T(大切にされている)ポイントなんて存在しない。嗅《か》ぎと交換なんてできない。

乃亜《のあ》はそれに気づいた。そうして乃亜は、自由になったのだった。

「乃亜ちゃん、早くやってよ」

「あ、はい」

言われた通り乃亜は椅子に登り、シーリングライトから蛍光灯を外す。

そうして新たなライトを取り付ける。蛍光灯がカチッとはまった、次の瞬間……。

ガクンッ!

「うわッ!」

デスクチェアの昇降機構が突如《とつじょ》として破損。急な縦揺れに乃亜はバランスを崩し、椅子から落ちかけてしまう。

その刹那《せつな》——彼女は大きくて温かい、何かに包まれた。

乃亜は梶野《かじの》に、真正面から強く抱きとめられていた。

「……っ」

至近距離にある梶野の顔。

普段とは違う、ちょっとだけ怖い、精悍《せいかん》なオスの顔。

乃亜《のあ》はこの感情を知っている。

これはあの日、この恋が始まった時と、まったく同じ気持ちだ。

「……うわわ、ごめん！」

あの日と同じように、梶野《かじの》は慌てて離れる。耳まで真っ赤だ。

乃亜も同じく、顔を紅潮させる。

それでも、あの日からもう一歩先へ――。

「……助けてくれるって、信じてましたよ、カジさん」

じっと目を見つめると、梶野は照れ臭そうに笑い「……うん」と呟《つぶや》いた。

「……了《りょう》くん、顔がホコリまみれだよ。洗ってくれば？」

えみりがジト目で告げると、梶野は「そ、そうだな」と洗面所へバタバタ向かって行った。

残されたえみりは、その場でへたり込む乃亜を肩でつつく。

「見せつけてくれますねぇ」

「ふあっ……もう死んじゃいそう……」

心臓を押さえる乃亜は、数秒前の余裕そうな表情から一変、呼吸をするのも辛《つら》そうだ。

「よく分からないけどさぁ」

えみりは、深くため息をついて、告げる。

「乃亜ちゃんも十分、了くんにとって特別な存在じゃないかなぁ」

「ね、タクト」と同意を求めると、タクトは異論無しとばかりにワフッと小さく吠《ほ》えた。

「……うひぃ～」と乃亜の口から情けない声が漏《も》れる。

その顔に映るのは、なんの飾り気もない、心のままの笑みだ。

人間社会に辟易《へきえき》し、孤独に身を焦がしていた在りし日のパパ活ＪＫ。

彼女は今、ただの恋する少女になっていた。

あとがき

持崎湯葉《もちざきゆば》です。

この度は『パパ活JKの弱みを握ったので、犬の散歩をお願いしてみた。』ご購入いただきありがとうございます。

ガガガ文庫さまからは初めての出版となります。至らぬところもあるとは思いますが、どうか末長くよろしくお願い申し上げます。

さて突然ですが、皆様にお知らせがあります。

この本が発売されている頃には、僕はクソチャラ陽キャマンになっているかもしれません。

なぜ僕のような腕毛が濃いだけのラノベ作家がクソチャラ陽キャマンになってしまうのか。順を追って説明して参りますので、最後まで目を通していただけると幸いです。

ことの発端は一ヶ月前。寝ころがりながら虚空を睨《にら》んでいる時、ふと思いました。

「あ、運転免許とろう」

車も持っていないし、特別ほしい理由はありません。ただいずれ必要になる日が来るかもしれないし、持っておいて損はないだろう。そう思い、立ち上がりました。

ここで、僕はひとつトリッキーな選択をしました。

合宿免許です。

アラサーが、合宿免許です。

通学よりも格安で、取得までの期間も短い。何よりハナクソの煮付けみたいな匂《にお》いがする東京から離れ、二週間ほど地方に滞在できるというのが魅力的じゃないですか。

幸いまとまった休みが取れたこともあり、僕は即座に申し込みました。このあとがきを書いている本日より数週間後に入校する予定です。

僕は早速ウキウキで、教習の様子や合宿の雰囲気《ふんいき》についてネットで調べてみました。

すると合宿免許に関して、こんな声がありました。

『オレ陰キャ、合宿免許行ったらハブられた』

『合宿免許、ＤＱＮだらけで地獄だった』

『教習で二人組になって、って言われた時、トラウマが蘇《よみがえ》った』

『合宿免許は若い陽キャが友達同士で行くところだろ』（↑偏見）

うん、なるほどなるほど。知らなかったなぁ。

そっかぁ、合宿免許って陽キャが集まるところなんだぁ（↑偏見ですよー）。

若々しい陽キャたちの群れへ、アラサーの僕が、ぶち込まれるんだぁ。

この瞬間、思いましたよね。

ははーん、僕これ、クソチャラ陽キャマンになっちゃうな、と。

人間は集団に放り込まれると変化する生き物です。自己と集団内の、価値観や思考パターン

の類似性が高まっていくのです
つまりですよ、来たる合宿免許にて陽キャ集団に交ざることで、僕も陽キャになるのです。

ハローワールド、ボク陽キャ。

いやー楽しみですねっ、合宿免許!

教習の空き時間にはみんなでスポーツなんかしたりして。休日にはみんなで観光スポットや温泉に行って、夜にはバーベキュー。合宿が終わってからも、東京でたまに会ったりして。グループ内にはちょっと気になる女の子がいたりして。彼女と二人でお勉強して、オシャレなカフェに行ったりして。でも合宿が終わったら離れ離れになってしまう運命だったりして。それがイヤで最終日の夜に二人で抜け出しtttttttttttttttttt
ああああああああウソですぅぅぅぅぅぅぅぅぅ!

本当はめっちゃ怖いですぅぅぅぅぅ!

絶対イジられるもん! アラサーの合宿免許、絶対イジられるもん!

怖い怖い怖い! 同乗教習で若い陽キャと一緒の車に乗るのが怖い! 危険予測ディスカッションとか想像しただけで震えが止まらねえよ!

あ――行きたくないよ――っ! 学校行きたくないよ――っ!

でももうクッソ高い教習費用払っちゃったよ――っ!

なので、この本が発売されている頃には、僕は普通運転免許と引き換えにプライドの一本や二本がへし折れているかもしれません。

みなさん、どうぞ御達者で。

僕は遠く、誰も知り合いのいない場所で、塵となって参ります。

ということで次巻（出れば）あとがき『心折れたよ！　合宿免許編』でお会いしましょう。


ここで謝辞を述べさせてください。

イラストを担当してくださいました、れい亜さま。ステキな絵をありがとうございました。乃亜《のあ》のキャラデザ、震えました。完全に乃亜でした。最高です。

編集部ならびに担当編集さまもありがとうございました。デザイナーさんや校正さんなど、この本に関わってくださった全ての方々に感謝いたします。

最後に、ここまで読んでくださいました読者のみなさま、ありがとうございました。

今後とも、よろしくお願いいたします。

持崎湯葉《もちざきゆば》

GAGAGAGAGAGAGAGAGAGAGA

弱キャラ友崎くん Lv.1

著／屋久《やく》ユウキ

イラスト／フライ
定価：本体 630 円＋税

人生はクソゲー。俺はこの言葉を信条に生きている……はずだった。
生まれついての強キャラ、学園のパーフェクトヒロイン・日南葵と会うまでは！
リアル弱キャラが挑む人生攻略論ただし美少女指南つき！

GAGAGAGAGAGAGAGAGAGAG

夢にみるのは、きみの夢

著／三田麻央《みたまお》

イラスト／ あおのなち
定価 704 円（税込）

オタクＯＬの美琴は孤独な誕生日に、ＡＩロボットを自称する怪しい青年と出会う。
自分を匿ってほしいとお願いされて一度は逃げだす美琴だったが、
青年の言葉は全て事実だと判明して……。人とＡＩの同居恋愛ドラマ。

GAGAGAGAGAGAGAGAGAGAGA

育ちざかりの教え子がやけにエモい

著／鈴《すず》木《き》大輔《だいすけ》

イラスト／DS《ディーエス》マイル
定価／本体 600 円＋税

椿屋ひなた、14 歳。新米教師の俺、小野寺達也の生徒であり、昔からのお隣さんだ。

大人と子どもの間で揺れ動く彼女は、どうにも人目を惹く存在で――。

“育ち盛りすぎる中学生” とおくるエモ×尊みラブコメ！

GAGAGA

ガガガ文庫

パパ活JKの弱みを握ったので、犬の散歩をお願いしてみた。

持崎湯葉

発行	2021年5月23日　初版第1刷発行
発行人	鳥光 裕
編集人	星野博規
編集	大米 稔
発行所	株式会社小学館 〒101-8001 東京都千代田区一ツ橋2-3-1 [編集]03-3230-9343　[販売]03-5281-3556
カバー印刷	株式会社美松堂
印刷・製本	図書印刷株式会社

Printed in Japan　ISBN978-4-09-453003-2

第16回小学館ライトノベル大賞
応募要項!!!!!!!!!!!!!!!!!!!!!!!!!!!!!!!!

ゲスト審査員は磯 光雄氏!!!!!!!!!!!!!!!!!

大賞：200万円＆デビュー確約
ガガガ賞：100万円＆デビュー確約
優秀賞：50万円＆デビュー確約
審査員特別賞：50万円＆デビュー確約

第一次審査通過者全員に、評価シート&寸評をお送りします

内容 ビジュアルが付くことを意識した、エンターテインメント小説であること。ファンタジー、ミステリー、恋愛、ＳＦなどジャンルは不問。商業的に未発表作品であること。
（同人誌や営利目的でない個人のWEB上での作品掲載は可。その場合は同人誌名またはサイト名を明記のこと）

選考 ガガガ文庫編集部＋ゲスト審査員 磯 光雄

資格 プロ・アマ・年齢不問

原稿枚数 ワープロ原稿の規定書式【１枚に42字×34行、縦書きで印刷のこと】で、70～150枚。
※手書き原稿での応募は不可。

応募方法 次の3点を番号順に重ね合わせ、右上をクリップ等(※紐は不可)で綴じて送ってください。
① 作品タイトル、原稿枚数、郵便番号、住所、氏名（本名、ペンネーム使用の場合はペンネームも併記）、年齢、略歴、電話番号の順に明記した紙
② 800字以内であらすじ
③ 応募作品（必ずページ順に番号をふること）

応募先 〒101-8001 東京都千代田区一ツ橋 2-3-1
小学館　第四コミック局　ライトノベル大賞係

Webでの応募　GAGAGA WIREの小学館ライトノベル大賞ページから専用の作品投稿フォームにアクセス、必要情報を入力の上、ご応募ください。
※データ形式は、テキスト（txt）、ワード（doc、docx）のみとなります。
※Webと郵送で同一作品の応募はしないようにしてください。
※同一回の応募において、改稿版を含め同じ作品は一度しか投稿できません。よく推敲の上、アップロードください。

締め切り 2021年9月末日（当日消印有効）
※Web投稿は日付変更までにアップロード完了。

発表 2022年3月刊『ガ報』、及びガガガ文庫公式WEBサイトGAGAGAWIREにて

注意 ○応募作品は返却致しません。○選考に関するお問い合わせには応じられません。○二重投稿作品はいっさい受け付けません。○受賞作品の出版権及び映像化、コミック化、ゲーム化などの二次使用権はすべて小学館に帰属します。別途、規定の印税をお支払いいたします。○応募された方の個人情報は、本大賞以外の目的に利用することはありません。○事故防止の観点から、追跡サービス等が可能な配送方法を利用されることをおすすめします。○作品を複数応募する場合は、一作品ごとに別々の封筒に入れてご応募ください。